LOW

Boris
Pofalla

Roman

Low

WALDE+GRAF bei METROLIT

Für
Dacen

Frankly, Mr. Shankly, I'm a sickening wreck
I've got the 21st century breathing down my neck

The Smiths

Wenn man was will, sagte Moritz, dann muss man vor allem erst mal brennen. Wie ein Streichholz. Reibung, sagte er. Hitze. Und dann verglüht man, irgendwann. Ist doch klar. Aber die meisten brennen nicht. Weil sie Angst haben. Angst zu verglühen, auszubrennen, kaputt und komplett zerstört rumzuliegen, am Boden. Wie was, das man austritt, über das man läuft. Ein Haufen Asche, den der Wind forthustet, ein Dreck, ein Nichts, stinkend und tot. Deshalb glimmen sie nur.

Ab und zu mal blitzt es. Dann fällt ihnen was ein, dann machen sie was. Aber dann wollen sie ihn auch noch einrahmen, den Blitz, und an die Wand hängen und anstarren, bis sie sterben. Wie alle. Nur dass manche eben eine ganz, ganz kurze Zeit echt gebrannt haben, ein paar Sekunden vielleicht, bevor sie zu Staub wurden.

Staub wird alles, sagte er. Es ist wichtig, sich nicht davor zu fürchten. Keine Angst, sagte er, keine Angst. Denn der Staub ist ja auch in der Welt. Der fällt nicht raus. Man muss sich da reinlegen und Ja sagen, immer nur Ja, nie Nein.

Zu allem.

1

GENAU EINE WOCHE, NACHDEM ICH Moritz das letzte Mal gesehen habe, treffe ich Tom in der Brunnenstraße. Zuerst erkennt er mich nicht, weil er nach Süden geht, Richtung Rosenthaler, und die Sonne ihn blendet, doch nachdem er ein paar Schritte an mir vorbeigegangen ist, dreht er sich um und ruft meinen Namen. Wir haben uns zuletzt im Frühjahr gesehen oder im Winter, ich weiß es schon nicht mehr genau. Jetzt ist Sommer. Toms Turnschuhe sind neu und sauber, außerdem hat er sich die braunen Haare länger wachsen und einen Bart stehen lassen, den er ab und zu streichelt, während wir reden, als müsse er sich erst an ihn gewöhnen.

„Wo warst du bloß die letzten Monate? Ich dachte schon, du bist weggezogen."

„Wohin denn?", frage ich und muss beinahe lachen.

Tom zuckt mit den Schultern.

„Keine Ahnung. Weg halt."

Ich zünde mir eine Zigarette an. „Ich bin bloß weniger ausgegangen."

„Mädchen."

Ich zucke mit den Schultern.

„Mir war nicht danach, das ist alles."

Wir setzen uns an einen der kleinen Tische vor dem Marokkaner neben Beate Uhse und essen Falafel. Das heißt, Tom isst Falafel und ich trinke Tee. Hunger habe ich keinen. Auf der anderen Seite der Straße gibt es eine Baulücke, sodass die Sonne direkt in unsere Gesichter und auf die Fensterscheibe hinter uns scheint; die zusätzliche Wärme lässt den Hummus unter der Theke immer ein bisschen reifer schmecken als anderswo. Tom weiß das, und deshalb stört es ihn auch nicht, dass es ziemlich laut ist, überall Staub von den vielen Baustellen herumweht und einem in die Schuhe und in die Haare kriecht, so als lebe man am Strand. Ich erzähle Tom, was ich in den letzten Monaten so gemacht habe, was nicht besonders viel ist. Tom wird ständig angerufen, und während er gegen den Lärm anschreit, sehe ich den Leuten zu, die an uns vorbeigehen und rauchen.

An dieser Stelle der Brunnenstraße ist der Gehweg besonders schmal. Die Leute müssen einzeln an uns vorbeigehen, aber niemand beschwert sich. Nachdem ich meine dritte Zigarette geraucht habe, hält ein Junge auf einem teuren Rennrad vor unserem Tisch und fragt mich nach Feuer. Ich zünde seine Zigarette an und dabei sehe ich, dass sein Gesicht mit aufgekratzten kleinen Pickeln übersäht ist; Speedpickel, denke ich.

Der Junge bedankt sich und fragt, ob ich vielleicht auch eine richtige Zigarette für ihn hätte. Dabei deutet er auf die

Kippe in seinem Mund, die zur Hälfte aus Papier besteht. So eine kleine, schlechtgedrehte Wurst ist das, richtig mitleiderregend. Ich schiebe ihm meine Packung zu.

„Klar“, sage ich.

Tom legt die Hand auf das Päckchen.

„Die sieht doch ganz wunderbar aus“, sagt er und deutet auf die Selbstgedrehte, aus der jetzt kleine Krümel auf die Straße fallen. Der Junge macht große Augen. Er hat dunkle Augenringe und sieht ganz blass aus, obwohl Sommer ist. Einen Moment denke ich, dass es Ärger gibt, doch der Junge, der vielleicht vierzehn ist oder sechzehn, starrt uns bloß weiter mit glasigen Augen an und fragt, ob wir zufällig Interesse an einem Fahrrad hätten. Wir sagen gleichzeitig Nein und der Junge zuckt mit den Schultern und fährt dann weiter die Brunnenstraße hinauf Richtung Wedding.

„Freak“, sagt Tom und legt sein Telefon auf den Tisch. Er starrt das Display an, sieht erneut dem Jungen nach und dann wieder auf das Telefon, als könne er sich nicht entscheiden, was ihn mehr irritiert.

„Wer war’s denn?“, frage ich.

„Daniel“, sagt Tom und schüttelt den Kopf.

Ich trinke meinen Tee aus.

Offenbar ist er doch in der Stadt. Seit drei Tagen versuche ich Daniel anzurufen, aber er geht entweder nicht ran oder hat das Telefon ausgeschaltet. Daniel war mit Moritz aus, eine Woche bevor er verschwunden ist.

„Hat er ’ne neue Nummer?“, frage ich.

„Wer? Daniel? Nein. Ich zahl das mal, okay?“

Während Tom nach drinnen geht, denke ich daran, wie Daniel und ich im letzten Sommer die weißen Betonfalten hochgeklettert sind, die den Schaft des Fernsehturms umgeben. Es ist nicht so einfach, weil sie nach oben hin immer breiter werden und man sich nicht festhalten kann, aber wenn man's geschafft hat, sieht man den ganzen Rathausplatz, die Springbrunnen und die Teenager, die sich versammeln, Musik auf ihren Ghettoblastern hören und neue Tanzschritte üben. Manchmal kommt die Polizei, wenn zu viele Leute gegen die Marienkirche pinkeln. Dann muss man schnell sein, und das waren wir. Immer.

„Wie geht's Daniel eigentlich?“, frage ich, als Tom zurückkommt.

Er erzählt mir, dass sie gestern zusammen aus waren, Flyer verteilen, und dass Daniel danach noch im Golden Gate war mit Anna und Dean, wo er die beiden allerdings schnell verloren hat. Anschließend soll er im Sage gewesen sein, wo er jetzt angeblich Hausverbot hat und zwar für immer. Ich frage warum, und Tom sagt, dass Daniel sich an nichts erinnern könne, und das erste Mal seit ungefähr einer Woche muss ich lachen.

„Kommt mir bekannt vor“, sage ich und Tom lacht auch, zumindest sein Mund, aber dann sagt er, dass er nicht weiß, wer jetzt für ihn flyern soll im Golden Gate.

Ich antworte, dass er schon jemanden finden wird, und er sagt, wahrscheinlich, und dann zahlen wir und gehen

Richtung Hackescher Markt, weil Daniel und die anderen am Spreeufer sind, und weil ich Daniel unbedingt sprechen will, komme ich mit. Vielleicht weiß er ja, warum Moritz einfach nicht nach Hause kommt. Unterwegs erzählt mir Tom von der Irren, die seit einiger Zeit in dieser Gegend unterwegs ist. Sie trägt einen roten Plastikeimer auf dem Kopf und schreit allen Leuten „Schlampe" hinterher, egal ob es Männer sind oder Frauen. Ob ich die schon gesehen hätte?

„Nein", sage ich.

„Und den Bärtigen, der aussieht wie Robin Williams? Der hat mir von der jüdischen Weltverschwörung erzählt. Das war im Weinbergspark."

„Leider nicht."

Wir nehmen die S-Bahn bis zum Ostbahnof, dann gehen wir zu Fuß weiter, an der Mauer entlang. Die Luft über dem Asphalt flirrt, so heiß ist es, und ich bin froh, dass sie die Mauer hier noch nicht abgerissen haben, denn das Ding wirft einen ziemlich breiten Schatten, und in dem gehen wir.

„Meinst du, sie ist hier irgendwo?"

„Ganz bestimmt", sagt Tom, und dann fällt mir die Frau aus der U-Bahn ein, die so dünn ist, dass sie Knieschoner tragen muss, um sich hinknien zu können. Sie verkauft Zettelchen mit ihren Gedichten darauf und hat eine Stimme wie ein Kind, obwohl sie aussieht wie eine Greisin.

Ich erzähle Tom von ihr und er sagt, das sei gar keine Frau, sondern ein Mann. Der habe als Junge immer Müll gegessen und irgendwann habe sein Körper angefangen, sich selbst zu verdauen, eine seltene Krankheit, und deshalb müsse er immerzu essen und essen, um nicht zu verhungern.

„Wo hast du denn den Scheiß her?", frage ich und spüre, wie sich die Haare auf meinen Armen aufstellen.

„Na, gehört halt."

An einer Stelle hat die Mauer eine Lücke. Dahinter ist Sand aufgeschüttet und es gibt eine Bar, von der aus man auf den Fluss schauen kann. Unter einem Baum am Ufer liegen Anna und Dean. Anna winkt, als sie mich bemerkt. Sie trägt ein weißes T-Shirt mit gelben Streifen und eine sehr kurze weiße Hose. Ihre Beine sind ganz braun. Wir waren für ein paar Monate ein Paar. Jedenfalls glaube ich, dass es so war; wir haben nie darüber gesprochen, was es eigentlich gewesen ist und als wir uns dann weniger und weniger sahen, wussten wir beide nicht, woran es lag, nur dass es nun definitiv zu spät war, um daran noch irgendetwas zu ändern. Ich beuge mich zu ihr herunter, rieche das vertraute Parfum, vermischt mit Sonnencreme und etwas Rauch. Wir umarmen uns nicht, sondern küssen uns links und rechts auf die Wangen.

„Lange nicht gesehen", sage ich. „Wie geht's dir so?"

„Gut. Siehst du doch."

Anna lacht. Ihre Stimme klingt heiser, und in ihren Haaren sind lauter Sandkörner, so als hätte sie hier geschlafen, und vielleicht hat sie das ja auch.

„Seit wann seid ihr hier?", frage ich.

„Seit … ich weiß nicht. Dean?“

„Seitdem wir nicht mehr im Golden Gate sind.“

„Also seit heute Mittag.“

„Und Daniel?“, frage ich.

„Dem war schlecht.“

Ich lege mich auf die Decke neben Anna, ziehe mein T-Shirt aus und halte die Hände übers Gesicht. Nur einen kleinen Spalt zwischen den Fingern lasse ich frei, betrachte die Leute und den Baum, der sich über den Fluss neigt und sich nicht bewegt, weil absolut kein Wind geht. Dean fragt mich nach Papers. Er war den Winter über in Indien und dann in London, um zu arbeiten. Seine blonden Locken scheinen heute noch heller zu sein als sonst. Statt der üblichen engen Jeans trägt er weite Shorts und ein psychedelisch gemustertes T-Shirt. Seine Stimme ist so heiser, dass man ihn kaum versteht.

„Papers, guys? Papers?“

Niemand von uns hat welche. Dean steht umständlich auf und läuft zwischen den Liegestühlen umher, und ein Mann mit zwei blonden Kindern gibt ihm schließlich welche.

„Also was ist mit Daniel?“, frage ich.

Tom stöhnt. Anna erwähnt eine Party, bei der ein gewisser Sultan Crack auflegen wird und zu der wir alle eingeladen seien. Ich höre zu, ohne wirklich zuzuhören, und starre in den Himmel. Auf dem gegenüberliegenden Ufer liegt Kreuzberg; ein paar alte Fabriken und verfallende Häuser aus

Backstein, und dazwischen fließt die Spree. Es ist keine Wolke am Himmel, keine einzige. Ich schaue durch die Spalten zwischen meinen Fingern, deren Ränder rot leuchten, und denke, dass es Kilometer sind, die es da hinaufgeht. Der Himmel wirkt irrsinnig tief, wie ein Meer, das sich nach oben erstreckt, und während ich das denke, ragt die Buche neben mir plötzlich in einen Abgrund. Meine Hände krallen sich in den Sand; ich habe Angst, in dieses Blau hineinzufallen, so als stünde ich am Rand eines Pools, der keinen Boden hat.

Nach einer Weile wird es mir zu viel und ich mache die Augen zu und überlege, ob das was mit dem Klima zu tun hat, dass es hier so oft einen leeren Himmel gibt, während am Meer eigentlich immer Wolken sind, auch im Sommer, und wie lange es jetzt schon nicht mehr geregnet hat. Ob es vor einer Woche geregnet hat, frage ich mich, aber das hat es nicht und davor auch nicht, glaube ich. Aber ganz sicher bin ich mir nicht, denn es gibt nichts, womit ich den Regen verbinden könnte, kein Ereignis, als verginge die Zeit überhaupt nicht, wenn nichts passiert, und dann werden die Dinge eben durchsichtig.

Wir bleiben am Ufer sitzen bis es dunkel wird, dann gehen wir weiter in eine Bar, die ein Stück flussabwärts liegt, hinter derselben hohen Mauer wie der Strand hier. Ein kräftiger Schwarzer durchsucht uns nach Waffen oder Drogen. Ich breite die Arme aus und sehe Anna an, während der Türsteher mich abklopft. Anna ist nur ein paar Schritte entfernt, aber etwas steht zwischen uns, etwas Unausgesprochenes, und ich frage mich, ob das wohl immer so sein muss, wenn man jemanden mal sehr gern hatte und dann nicht mehr. Wobei ich Anna schon noch mag, aber es fühlt sich falsch an, das auch zu sagen oder irgendwie zu zeigen. Das macht man einfach nicht, es sei denn, man ist sehr betrunken oder drauf, und in dem Moment, in dem ich diesen Gedanken habe, erinnere ich mich an das Kokain, das ich dabeihabe und muss lächeln, so richtig von innen heraus, warm und voller Vorfreude, weil plötzlich alles so einfach erscheint und Moritz im Moment auch keine Rolle spielt. Es ist fast ein ganzes Gramm, und obwohl es noch nicht dunkel ist, ist jetzt der richtige Zeitpunkt es zu nehmen. Ich habe wenig geschlafen in den letzten Tagen und mein Kopf fühlt sich wund an von innen, aber die Gewissheit, dass der Tag gleich zu Ende ist und die Nacht noch nicht mal begonnen hat, lässt mich lächeln. Anna bemerkt dieses Lächeln und lacht mit meiner Sonnenbrille auf der Nase und dann lache ich auch. Sogar der Türsteher sieht plötzlich freundlich aus.

Tom bekommt davon nichts mit. Er steht etwas abseits, an die Mauer gelehnt, und redet mit einem jungen, dünnen Typen, der einen Nietengürtel trägt und sich die Augen mit Kajal angemalt hat. Der Junge fragt ihn, ob er Pillen kaufen will und Tom sagt: „Vielleicht später." Der Junge sieht erst Tom an und dann mich und sagt, dass wir wissen, wo wir ihn finden, falls wir doch noch welche brauchen. Dabei zwinkert er mir zu.

In der Bar nehme ich Annas Hand und steuere auf die Toiletten zu, ein Verschlag aus rohem Holz voller Filzstiftkritzeleien. Die Kabine ist eng und nicht besonders sauber, und ich wische mit Klopapier über den Toilettendeckel, auf den jemand einen Galgen gemalt hat, an dem sich ein Schlumpf erhängt hat, und lege zwei Linien.

„Hast du einen Schein?", frage ich. Anna hält mir einen abgeschnittenen Strohhalm hin.

„Ist besser", sagt sie. Dann beugt sie sich runter und zieht, und ich ziehe auch, und als wir fertig sind, küsst sie mich auf den Mund, einfach so. Es fühlt sich seltsam an, weil meine Lippen taub sind, aber dann spüre ich die Wirkung und Anna küsst mein Ohr und legt ihre Hand in meinen Nacken. Ihre Haut riecht unglaublich gut, wie immer, und ich lege mein Gesicht an ihren Hals und schließe kurz die Augen.

„Er ist hier", sagt Tom, während ich an der Bar auf mein Getränk warte.

„Wer?"

„Daniel."

„Wo?"

Meine Stimme klingt brüchig und zu laut. Ich trinke etwas Bier und wiederhole meine Frage noch einmal leise. Er deutet auf eine Reihe von brennenden Fässern. Es ist nun beinahe völlig dunkel, doch ich weiß, dass hinter den Fässern die Ufermauer beginnt. Auf der sitzt Daniel gerne, wenn er allein sein möchte. Er hat noch nie viel geredet, nicht mal auf Speed, aber ich werde hier nicht wieder weggehen, ehe ich es nicht wenigstens versucht habe.

„Ich geh dann mal zu ihm", sage ich und nehme mein Bier entgegen. Tom bezahlt es.

„Ja, mach mal", sagt er und lächelt. „Nimmst du mich nachher auch mal mit?"

„Wohin?"

Tom sieht mich an und kneift die Augen leicht zusammen.

„Na klar", sage ich.

„Super."

Daniel sitzt am Ufer neben einer Birke, deren Zweige beinahe das Wasser berühren. Seine Haare, die sonst glatt herunterhängen, stehen vom Kopf ab und auf seinem hellen T-Shirt ist ein großer dunkler Fleck, der sich langsam auszubreiten scheint.

„Hey", sage ich und biete ihm eine Zigarette an. Daniel bedankt sich und greift nach der Packung, doch seine Hände zittern so stark, dass ich die Zigarette für ihn herausnehmen und anzünden muss. Wir schweigen und starren auf den Fluss, den die untergehende Sonne lila färbt. Ein Ausflugsboot fährt langsam an uns vorbei. Es ist hell erleuchtet und voller Menschen, die an Tischen sitzen mit kleinen Lampen darauf. Ein paar sehen zu uns herüber, und in dem Moment beugt Daniel sich leicht zur Seite und kotzt in den Fluss. Es ist nicht viel, was da herauskommt, doch er würgt noch ein paar Mal, und als er sich wieder aufrichtet, ist das Boot vorbeigefahren.

„Mann“, sagt er und bemüht sich zu lächeln, „ich kann einfach keine Touristen mehr sehen.“

Ich muss lachen. Daniel lacht ebenfalls und lässt meine Zigarette ins Wasser fallen.

„Das war die letzte“, sage ich.

„Scheiße.“

„Alles okay mit dir?“

„Ja. Bisschen durch. Aber okay.“

„Wie war's denn im Sage?“

„Langweilig. Anna sagt, ich hätte versucht den Plattenspieler zu stehlen.“

„Welchen Plattenspieler?“

„Na den vom DJ.“

„Während er gespielt hat?“

Daniel lächelt und spuckt ins Wasser.

„Wenn sie's sagt. Hast du mal was zu trinken?“

„Sag mal“, fange ich an.

„Hmmm?“

Ich fahre mit der Hand über die Ufermauer. Der Stein ist immer noch warm, obwohl die Sonne längst verschwunden ist und das Wasser schwarz und ölig aussieht. In den Wellen spiegeln sich die Lichter der Bar; bunte Glühbirnen und die hellen Flecken einer Diskokugel, die hoch oben in einer Baumkrone hängt.

„Hast du Moritz in letzter Zeit mal gesehen?“

„Wieso?“

„Weil er seit einer Woche nicht mehr zu Hause war.“

Daniel starrt weiter aufs Wasser und kneift die Augen zusammen. Die Musik aus der Bar ist leise, es läuft ein Stück, das ich schon mal gehört habe. Daniels Schultern zucken, doch sein restlicher Körper bewegt sich nicht.

„Letzten Freitag war er doch mit dir unterwegs. Oder?"

„Das war letzte Woche. Keine Ahnung, was da war."

„Ihr wolltet ins Deep."

„Warum fragst du ihn nicht einfach selbst?"

„Er geht nicht ans Telefon."

„Vielleicht hat er's verloren."

Ich umklammere die Bierflasche. Meine Knöchel treten hervor, doch ich lasse sie schnell wieder los, weil ich Angst habe, dass die Flasche zerbrechen könnte.

„Wo wart ihr am Freitag?"

Daniel spielt mit einem Zweig, bis er in der Mitte zerbricht. Ich sehe ihn an, doch er schaut weiter auf den Fluss.

„Kann mich nicht erinnern."

„Versuch es. Bitte!"

„Es geht nicht. Ahhh."

Daniel schüttelt sich und stöhnt, als gäbe es eine Art Blockade in seinem Körper, die nur durch heftige Bewegungen gelöst werden kann. Er fasst sich an den Kopf und sieht mich an.

„Mein Gehirn ist aus. Es geht nicht wieder an."

„Das ist nicht witzig, Daniel. Ist er vor dir gegangen?"

„Weiß ich nicht mehr."

„Hattet ihr was genommen?"

„Ist der Papst schwul?"

Ich packe Daniel an den Schultern und schüttele ihn. Er leistet keinerlei Widerstand, seine Arme schlenkern hin und her wie die einer großen Puppe.

„Moritz ist weg, verstehst du? Seit Freitag hat ihn keiner gesehen. Er hat überhaupt nichts gesagt."

Daniel sieht mich müde an.

„Jetzt komm mal klar, Alter", flüstert er und macht Anstalten, aufzustehen. „Komm mal klar."

Daniel schwankt leicht hin und her und stützt sich auf meiner Schulter ab. Dann geht er los, auf den Ausgang zu; sein Gang ist wacklig und langsam und ich könnte ihn leicht einholen, doch ich bleibe einfach sitzen.

„Was ist denn mit dem los?", fragt Anna, als ich wieder an der Bar stehe.

„Ach, der ist total durch."

„Kein Wunder, der hat ja seit Tagen nicht mehr geschlafen. Gehen wir noch mal?"

Ich nicke und suche Tom und Dean und dann gehen wir alle zusammen zu den Toiletten und nehmen, was von dem Gramm noch übrig ist. So wird es elf und irgendwann Mitternacht, und keiner von uns hat große Lust, noch länger in der Bar zu bleiben. Beim Rausgehen begegnet uns wieder der Junge mit den schwarz geschminkten Augen. Tom kauft zwei Pillen, eine Mickymaus und einen Totenkopf, und steckt ihm einen Flyer zu.

„Ich mach da morgen eine Party. Kann dich auf die Liste schreiben, wenn du willst."

Der Junge nickt und sagt, dass er Ziggy draufschreiben soll. „Geht klar", sagt Tom und klopft dem Jungen auf die Schulter, bevor er uns ein Taxi winkt. Im Taxi erklärt Tom uns, warum der Totenkopf der Smiley unseres Jahrzehnts ist und dass er später noch Flyer in verschiedenen Läden verteilen wird und dass einer von uns ihm helfen soll, denn mit Daniel sei ja im Moment gar nichts anzufangen.

Das Taxi wendet an der nächsten Ecke, weil wir es auf der falschen Seite angehalten haben, und fährt dann noch mal an der Mauer vorbei, auf die lauter Graffiti gesprüht sind, die im Licht der Scheinwerfer vorbeifliegen und zu Farbstreifen werden, und während ein alter Madonna-Song aus den Lautsprechern dröhnt, frage ich mich, wann die Vergangenheit aufhört und die Gegenwart anfängt.

Denn alles, was da ist, muss an einem bestimmten Punkt verschwinden; sonst wäre es ja immer noch da. Und wenn es diesen Punkt nicht gäbe, an dem das, was ist, zu dem wird, was war, hieße das, dass die Zeiten ineinander übergingen und die Vergangenheit in die Gegenwart hineinragt, wie ein Gebäude, das man schon längst hätte abreißen sollen.

Ich sitze hinten, in der Mitte zwischen Anna und Dean. Als das Taxi wendet, drückt mich die Fliehkraft gegen Anna. Sie greift nach meiner Hand und ich denke, dass dieses Taxi uns eigentlich überallhin fahren könnte – auch hinter diesen Punkt, an dem die Dinge anfingen, auseinanderzufliegen.

„GREIFSWALD. SO EIN SCHEISS. Ich weiß nicht mal, wo das genau liegt. Wir sind doch gerade erst angekommen. Was denkt der sich?“

Moritz spuckte in die Regenrinne. Wir saßen auf dem Dach über der Wohnung, unserer ersten: ein dürftig renovierter Altbau mit drei Zimmern im vierten Stock, totenstill und so leer, dass unsere Stimmen nachhallten, wenn wir uns beim Anstreichen von Raum zu Raum unterhielten.

Der größte war das Wohnzimmer. Moritz wollte es mit Schaufensterpuppen füllen, eine Armee von leblosen, gleichförmigen Wesen mit perfekten Maßen, die jede andere Nutzung unmöglich machen würde. Doch die Puppen waren teurer als er gedacht hatte, weshalb das Projekt nur langsam voranschritt, und so blieb der Raum erst mal leer.

Moritz trank einen Schluck Bier, spuckte wieder aus und sah nach Westen, wo die Sonne unterging. Der Sommer war fast vorbei. Die Vorlesungen würden bald beginnen, und wie aus dem Nichts war da plötzlich dieser Brief gekommen, an die Adresse seiner Eltern, weil er sich von dort aus beworben hatte: ein Zulassungsbescheid für Medizin. In Greifswald. Seine Abi-Note war eigentlich nicht gut genug für Medizin, aber irgendwie hatte es doch gereicht. Dabei hatte er sich nur wegen seines Vaters beworben.

„Das kann er vergessen, sag ich dir. Schön vergessen."

Moritz Stimme hallte durch den engen Hof. Er stand auf und begann, sich um sich selbst zu drehen. Es sah gefährlich aus, ganz ohne Geländer und mit dem Bier im Blut, aber von hier aus konnte man die Stadt besser sehen: die vielen Kirchtürme, die einem auf der Straße nie auffielen, auch den Reichstag und die Hochhäuser am Potsdamer Platz. Sie wirkten unscheinbar aus dieser Entfernung, waren Teil eines großen Ganzen – ein Ganzes, das ab sofort uns gehörte. Jedenfalls hatten wir uns das so vorgestellt.

Moritz drehte sich weiter. Seine Bierflasche kippte klirrend um und rollte das Dach hinunter, wo sie von einem Gitter aufgefangen wurde. Eigentlich hätten wir nicht hier sein dürfen; an der letzten Tür im Treppenhaus hing ein Verbotsschild. Sie war immer verschlossen, doch den Schlüssel hatte uns der Vormieter ohne Kommentar in den Briefkasten geworfen, weitergereicht wie geheimes Wissen. Wir schienen auch die einzigen zu sein, die einen hatten, denn außer Staub und kaputten Stühlen gab es dort nichts.

Man musste sich die Hand mit dem T-Shirt umwickeln, wenn man die Dachluke öffnete; das Blei, mit dem sie eingefasst war, heizte sich in der Sonne auf, bis es weich wurde. Die hellroten Ziegel waren schmutzig und ebenfalls heiß;

wenn es regnete, wurden sie glatt wie Seife. Ein Steg aus Metall führte zum Schornstein, gerade breit genug, um darauf zu sitzen und sich mit dem Rücken gegen die Ziegel zu lehnen. Es war ein Augustabend, warm und feucht. Wir hatten fertig gestrichen. In der Wohnung stank es nach Farbe, und bis es dunkel wurde saßen wir auf dem Dach, tranken Bier und kifften. Unsere Jeans und T-Shirts waren weiß verschmiert; Moritz hatte die Decken gestrichen, weil er größer war als ich, und davon überall kleine weiße Flecken auf den Armen und im Gesicht zurückbehalten – sie sahen aus wie Sommersprossen auf einem Negativ.

„Freuen soll ich mich, dass ich es doch noch geschafft habe. Aber wenn er glaubt, dass ich mich die nächsten sieben Jahre mit den anderen Medizinertrotteln lebendig begraben lasse, dann hat er sich geschnitten. Ich geh hier nicht mehr weg", sagte Moritz und reichte mir den Joint. „Egal was kommt. Wir bleiben zusammen. Ganz egal."

Ich lächelte still. Weil das Dach so heiß war, lehnte ich meinen Kopf gegen seine Schulter und ruhte mich aus. Der Joint war im Wind ausgegangen. Moritz hielt die hohle Hand über das Feuerzeug und legte den Kopf beim Inhalieren in den Nacken. Die Asche wurde vom Wind in den Hof getragen, zerstob dort und schwebte, kaum schwerer als die Luft, unaufhaltsam nach unten.

„Ganz egal."

ICH WACHE AUF, ALS ANNA SICH im Schlaf umdreht. Das Kopfkissen hat einen Abdruck auf ihrem Gesicht hinterlassen, der an einen Stadtplan erinnert. Ihr Mund steht leicht offen. Ich kann sie atmen hören und sehe, wie sich die Augen hinter ihren Lidern bewegen, weil sie träumt und bald aufwachen wird. Ich habe das so oft gesehen, dass es mich eigentlich nicht weiter kümmern sollte. Trotzdem kann ich nicht aufhören, sie anzusehen. Vielleicht ist das jetzt das letzte Mal, dieses eine Mal nach dem letzten Mal.

Das weiß man ja nie, und ich habe das immer schwer zu begreifen gefunden: dass es ein letztes Mal gibt, mit jedem. Immer. Ich bin nicht in Anna verliebt, glaube ich, aber manchmal habe ich, nachdem das mit uns vorbeigewesen ist, versucht, mich an unseren Sex zu erinnern, zu zählen, wie oft ich mit ihr geschlafen habe, als ob damit irgendwas gewonnen wäre, und dann habe ich mich gefragt, ob es jemanden gibt, mit dem sie öfter Sex gehabt hat als mit mir und ob er besser war. Und ob sie sich an mich erinnern wird, wenn sie heiratet. So einen Unsinn halt.

Ich glaube, ich habe einen Kater, dass ich sowas denke. Blinzelnd sehe ich mich um. Flyer, Kleidungsstücke, Kerzen und halb leere Wasserflaschen sind um die Matratze verteilt; es war die ganze Nacht warm. Ich greife nach einer der Flaschen und trinke gierig. Unten fährt die Tram vorbei, ein lang gezogenes Quietschen, dann schrilles Klingeln, weil wieder jemand zu nah an den Schienen geparkt hat. Ich könnte nie hier wohnen. „Prenzlauer Berg", sagt Moritz, „ist ein Friedhof mit Kopfsteinpflaster und schönen Laternen."

Ich bin nackt. Meine Unterhose liegt auf dem alten Sekretär an der Wand. Ich erinnere mich, im Dunkeln dagegen gelaufen zu sein, als ich nachts ins Bad musste. Der Sekretär steht nicht mehr an derselben Stelle wie früher und er ist auch nicht mehr das einzige Möbelstück in dem Raum. Zwei Stahlrohrsessel sind hinzugekommen, und statt der Postkarten ihrer Freundinnen hängen nun gerahmte Fotos an den Wänden, auf denen irgendwelche Inder zu sehen sind, die sich an überfüllten Zügen festklammern. Es ist hell, Anna wohnt im vierten Stock wie ich, aber nicht zum Hof, sondern zur Straße. Ein kleiner Balkon aus Metall hängt vor ihrem Zimmer, auf dem zwei Klappstühle und tote Pflanzen in Terrakottatöpfen Platz finden. Das Licht ist grell, es muss Mittag sein. Ich stöhne leise und streife meine Hose über, dann mein T-Shirt, das schwach nach Rauch riecht. Anna schläft noch immer. Ich betrachte sie von oben. Ihre Haare scheinen nicht zu ihr zu gehören. Sie sehen aus, als würden sie ein Eigenleben führen. Sie hat gestern noch geduscht, um den Sand loszuwerden, und ist mit nassen Haaren ins Bett gegangen, weil die sich dann angenehm kühl anfühlen, wie sie mir sagte.

„Ich gehe dann mal."

Anna greift nach meinem Arm. Sie hat noch immer Sandkörner auf der Stirn, und als ich sie auf den Mund küsse, hält sie ihn fest geschlossen.

DIE WOHNUNG SIEHT GENAUSO AUS wie gestern. Unsere Schuhe stehen in einer langen Reihe an der Wand im Flur. Das Wohnzimmer ist leer, ein paar nicht ausgepackte Umzugskartons stehen herum. Die Wände in Moritz' Zimmer sind praktisch kahl: keine Poster, ein paar wenige Bilder aus Zeitungen, mit Reißzwecken an die Wand gepinnt. Seine Decke liegt unverändert auf dem Bett, so wie gestern und an den Tagen davor, sie ist grau mit weißen Streifen. Ich stehe unschlüssig vor seinem Schreibtisch, dann mache ich den Abwasch, einfach, um irgendwas zu tun. Sonst drücken wir uns beide eher davor, was im Haushalt zu machen, aber jetzt bin ich beinahe enttäuscht, dass es so wenig zu tun gibt.

Im Radio liest jemand die Verkehrsmeldungen vor, dann kommt Werbung für einen Baumarkt und ein Song von Kelis, den ich nicht mag, doch ich fühle mich weniger allein in der Wohnung, wenn das Radio läuft, also lasse ich es an, während ich Gläser und Löffel und Tassen spüle und auf den Herd stelle, der nie benutzt wird. Moritz hat in den letzten Wochen bloß Paprika und Milch gegessen und ab und zu ein Snickers; nicht mal Falafel mochte er mehr, dabei haben wir uns in unseren ersten Wochen praktisch nur davon ernährt, weil die so billig sind und satt machen und weil es Falafel bei uns zu Hause nicht gab.

Ich räume weiter auf. Auf dem Fensterbrett liegen die Flyer des letzten Monats. Ich fahre mit der Hand durch den Haufen aus buntem Papier und versuche mich zu erinnern, wie diese Partys waren und mit wem ich geredet habe; ob ich überhaupt dort gewesen bin. Es gibt kleine, selbstkopierte, die nur auf einer Seite bedruckt sind, das sind die von privaten Partys. Sie tragen Zusätze wie „Hinterhaus Zweiter Stock NICHT KLINGELN“ oder GPS-Koordinaten, um einen Ort zu finden, der außerhalb der Stadt liegt. Es gibt auch ein paar große, glänzende von schlechten Clubs, die immer die größten Flyer haben, und einen langen, schmalen vom Berghain.

In manche Flyer sind Kondome hineingefaltet, Konfetti oder Pillen; das sind die der beiden Schwedinnen, die wir am Anfang des Sommers kennengelernt haben und die beinahe jede Woche eine Party in ihrer WG veranstaltet haben, immer mit einem Motto: „Eurotrash“ oder „90s“ oder „Berlin Bum“, aber da war nie jemand verkleidet, und ich glaube, deshalb sind es gute Partys gewesen.

Ich schiebe die Flyer zusammen und werfe sie in den Müll. Nur die der Schwedinnen bewahre ich auf, lege sie in den Schuhkarton unter meinem Bett, in dem ich auch die

Fotos aus der Zeit aufbewahre, bevor Moritz und ich nach Berlin gezogen sind und die ich nicht wegwerfen wollte. Ich nehme ein paar davon heraus und sehe sie mir nacheinander an, obwohl ich sie ja weiß Gott gut genug kenne. Die meisten hat Moritz mir geschickt, während er unterwegs war. Er ist ein Jahr älter, und nach der Schule ist er monatelang herumgefahren, während ich fürs Abitur gelernt habe. Von unterwegs hat er mir Briefe geschickt, also richtige Briefe, kein E-Mails: aus Argentinien, Chile, Panama und Ecuador und Ägypten und Libanon und wo er sonst noch gewesen ist. Die meisten bestanden aus Fotos, farbige Abzüge mit eng beschriebenen Rückseiten, die ich kaum entziffern konnte. Manchmal dauerte es Tage, bis ich verstand, was er mir mit Kugelschreiber geschrieben hatte, aber da ich ihm nicht antworten konnte, war das auch nicht weiter schlimm.

Ich nehme ein Foto in die Hand. Die glänzende Vorderseite pappt auf einem anderen Bild fest, ich ziehe es vorsichtig ab. Es ist ein ziemliches Durcheinander in dieser Kiste; die Länder vermischen sich, ebenso die Monate und Jahreszeiten: Ich betrachte eine weiße Straßenkatze, die nachts eine helle, hebräisch beschriftete Hauswand entlangstreicht. Das Schaufenster eines Elektronikladens, hinter dem sämtliche Fernseher das Gesicht von Marcel Proust zeigen. Ein Schlafwagenabteil, die Decke grün kariert, eine kleine Flasche Scotch auf dem Kopfkissen. Ein Soldat, der mit verspiegelter Brille durch die Gepäckkontrollen am Flughafen von Quito geht. Schwarz-gelbe Taxis, die um einen gigantischen Obelisken kreisen, von einem Hotelfenster aus aufgenommen. Eine Salzwüste, so leer und fremd wie der Mond.

Ich knie auf dem Fußboden. Die Dielen sind hart und staubig. Acht Monate allein, weg von allen, das könnte ich nie. Außerdem war dafür auch keine Zeit, denn als Moritz zurückkam, sind wir nach Berlin gezogen, in diese Wohnung, die sich jetzt leer anfühlt, stumm und unerträglich.

Ich stecke die Flyer zu den Fotos und mache den Karton zu, schiebe ihn unter das Bett. Meine Augen brennen wegen des Staubs, der in dicken Flocken unter dem Bett herumliegt, aber ich krieche trotzdem bis zur Wand und schiebe die Kiste bis ganz nach hinten, wo man sie nicht sieht.

Zum tausendsten Mal gehe ich in Moritz' Zimmer, fahre mit der Hand über die Buchrücken im Regal und den runden, rauen Stein aus Südamerika, der als Briefbeschwerer dienen sollte (wir haben noch keinen einzigen Brief bekommen, nur Rechnungen). Ich bin wahnsinnig müde und auch verkatert, aber da es keine Vorhänge gibt, ist es zum Schlafen zu hell.

Ich sehe mich um. Die meisten Bücher kenne ich, zumindest dem Titel nach, doch das auf dem Schreibtisch ist einigermaßen neu. Es stammt aus einem Antiquariat in der Goethestraße, in dem wir mal zusammen gewesen sind, vor einem Monat oder zwei. Der Umschlag ist schwarz und glänzt. Darauf befindet sich eine Sonne, die ein Gesicht hat.

Ihre Wangen haben kleine Grübchen wie ein gut genährtes Kind. Es ist ein freundliches Lächeln, doch die Augen wirken leer und schwarz; kleine runde Löcher, die das Licht verschlucken. *The Book of Lies* heißt es, geschrieben von Aleister Crowley vor ungefähr hundert Jahren. Ich habe ein bisschen darin gelesen, seitdem Moritz verschwunden ist, und obwohl ich nicht viel verstehe, kann ich sagen, dass es ein ziemlich seltsames Buch ist.

Die Kapitel sind so kurz, dass sie auf je eine Seite passen. Auf der jeweils gegenüberliegenden Seite steht ein Kommentar, der meist noch seltsamer ist als der Text, den er erklären soll. „*That is not which is*", lese ich. „*The only Word is silence. The only Meaning of that Word is not. Thoughts are false.*"

Ich beschließe, das Buch mit in den Tiergarten zu nehmen, wo ich mich unter eine alte Kastanie lege, deren Äste sich sachte im Wind bewegen. Das Sonnenlicht fällt in unruhigen Mustern durch die Blätter auf die Buchseiten, und manchmal sieht es aus, als bewegten sich die Buchstaben auf dem Papier wie kleine Insekten. Dann klappe ich es zu und lege meinen Kopf darauf, da ich keine Decke dabeihabe. Ich dämmere weg, während sich um mich herum Gruppen von Leuten niederlassen, Hunde aufeinander losstürmen und Flaschensammler von Decke zu Decke wandern wie Nomaden, die von Glas und Plastik leben. Es ist Samstag, und selbst der Tiergarten wird langsam zu voll, aber ich schlage das Buch wieder auf, weil ich die Vermutung habe, dass es wichtig war für Moritz. Ich zwinge mich geradezu, weiterzulesen.

Moritz hat darin rumgeschrieben und überall sind Eselsohren, dabei war es in einem guten Zustand, als er es gekauft hat. Geduldig suche ich nach den Passagen, die er markiert hat, und im dreiundzwanzigsten Kapitel stoße ich schließlich auf eine Stelle, die mehrmals unterstrichen ist.

„*What man is at ease in his Inn? Get out. Wide is the world and cold. Get out. Thou hast become an in-itiate. Get out. But thou canst not get out by the way you camest. The Way out is THE WAY.*"

Daneben steht etwas von der Großen Arbeit, „*the Great Work*", und etwas über einen Mann, der sich von all seinen Unfällen befreit, und das begreife ich erst recht nicht, was auch an dem seltsamen, antiquierten Englisch liegen mag, aber vielleicht sind auch nicht Unfälle, sondern Irrtümer gemeint. Weiter steht im Kommentar etwas über das Wort OUT, vom Hierophanten ist die Rede, vom Yoni und der fünften Karte im Tarot, und obwohl mir immer unwohler wird, je mehr ich lese, kann ich es nicht aus der Hand legen. Ab und zu klappe ich das Buch zu und betrachte die Sonne auf dem Umschlag, die aussieht wie aus dem Mittelalter, dabei ist das Buch, wie gesagt, gerade mal hundert Jahre alt.

Vielleicht ist das alles nur Hokuspokus, aber es beunruhigt mich, eben weil es altertümlich ist und doch nicht alt, konserviert und doch noch wirksam, wie eine Mumie, die man in der Wüste ausgräbt und die dann nach und nach alle umbringt, weil niemand mehr Abwehrkräfte gegen die Bakterien hat, die in ihr überdauert haben. Moritz hat mal erzählt, dass Crowley eine Art Zauberer war, der letzte einer alten oder der erste einer neuen Zeit, das komme ganz darauf an, wen man frage.

Dieses Buch gefällt mir nicht, und ich wünschte, Moritz hätte es nicht gekauft. Jemand hat mal gesagt, dass Ideen, die nie am Leben waren, auch niemals sterben können. Diese ungeborenen Ideen seien so perfekt, dass der Mensch neben ihnen ganz kümmerlich wirke, und deshalb sei keine dieser Vorstellungen je lebendig geworden, und so geisterten die Ideen weiter herum, tauchten mal hier und mal dort wieder auf und suchten die Lebenden heim wie Zombies. Das Problem ist, dass diese Ideen nicht hässlich sind wie Zombies. Sie sind sogar sehr schön, und wenn man ihnen lang genug gefolgt ist, verlassen sie einen nie mehr. Ob Moritz an so eine Idee geraten ist?

Das Buch liegt kühl in meiner Hand. Ich presse es gegen mein T-Shirt, während ich nach Westen radle. Auf der Straße des 17. Juni kann ich freihändig fahren, weil es da ewig geradeaus geht, nur beim Abbiegen brauche ich eine Hand zum Lenken. Charlottenburg ist voller Menschen, die einkaufen gehen. Ich erinnere mich nicht mehr genau, wo die Goethestraße ist, aber bald sehe ich ein anderes Antiquariat. Vor dem Schaufenster stehen Pappkisten auf einem Tapeziertisch. So einer steht auch zusammengeklappt in unserer Wohnung. Ich halte an, ohne abzusteigen und lege das „Buch der Lügen“ auf einen Stapel zerlesener Romane. Die Sonne auf dem Umschlag lächelt mich ein letztes Mal an, starr und leer, aber ich lächele nicht zurück.

TOMS CLUB LIEGT AM ALEXANDERPLATZ, so nah, dass man die Kugel des Fernsehturms von unten sieht statt von der Seite. Er öffnet die verrostete Tür mit routinierten Bewegungen. Dann sehe ich ihm dabei zu, wie er eine zweite Tür aufschließt und ein paar Schalter umlegt. Die Lichtbahnen hinter der Bar glimmen auf und die Scheinwerfer über der Tanzfläche drehen sich um sich selbst, malen rote, grüne und blaue Kreise auf den Boden, der noch feucht ist vom Wischen. Tom nimmt zwei Barhocker von der Theke.

„Noch zwei Stunden, bis die Mannschaft kommt, Zeit zum Quatschen. Du warst ja schon ewig nicht mehr hier."

„Stimmt", sage ich und betrachte den Totenkopf auf Toms T-Shirt, der aus lauter schwarzen Pailletten besteht und glitzert, wenn er sich bewegt. Tom ist zwei Jahre älter als ich und veranstaltet Partys, seitdem er siebzehn ist. Er war schon zweimal pleite, aber mit diesem Laden, meint er, läuft es richtig gut. Noch drei Jahre, dann verkauft er ihn an die Russen und lässt sich von dem Geld ein Segelboot bauen auf Koh Phangan oder Bali oder Rarotonga.

Jeder Drink eine Planke, sagt er immer, und dass er uns ab und zu einfliegen lassen wird, damit wir am Strand feiern können und Opium rauchen im Goldenen Dreieck an der Grenze zu Burma. Davon redet er immer, wenn er genug getrunken hat: von den Milliarden von Sternen, die man in der Stadt niemals sehen kann, von der Reinheit des Wassers in diesen Ländern und von den Geräuschen im Dschungel, wenn es plötzlich dunkel wird und die Tiere zu schreien anfangen wie kleine Kinder. Keiner glaubt ihm so richtig, dass das je klappt mit diesem Boot, aber an seinen Club hat am Anfang ja auch keiner geglaubt.

Wir gehen zur Bar. Bevor wir uns hinsetzen, fahre ich die Anlage hoch, die den gesamten hinteren Teil des Raumes einnimmt. Es dauert einige Minuten, bis man sie benutzen kann, und dann noch mal ein paar Stunden, bis die Geräte warmgelaufen sind und der Klang richtig gut ist. Die Boxen sind so groß wie Kleiderschränke. Tom schiebt zwei Sessel in die Mitte der Tanzfläche und wischt mit einem Lappen über den Tresen aus dunklem Holz.

„Gibt's neue Musik?", frage ich.

„Liegt keine rum?"

Ich schüttele den Kopf. Die DJs bringen ihre eigenen Platten mit, und obwohl Tom einen Club hat, kauft er sich nie selbst welche. Ich finde nur ein paar CDs in der Schublade unter dem Mischpult von Leuten, die gern bei ihm auflegen würden. Die meisten sind schlecht, also stecke ich meinen iPod an den Kopfhörereingang und drehe den Verstärker auf.

In den Ecken des Raums beginnt es zu summen. Auf dem Mischpult erscheinen kleine Säulen aus grünen Leuchten, deren Spitzen rot werden, wenn man zu weit aufdreht, aber dann, so Tom, sind einem vorher schon längst die Zähne ausgefallen.

„Was willst du hören?", frage ich. „The Knife?"

„Mir ist heute mehr nach Klassik."

Ich nicke und drehe an dem Rädchen des iPod, bis ich *Power Corruption and Lies* von New Order gefunden habe. Es ist das zweite Album, das die Band gemacht hat und das erste, auf dem sie nicht mehr versuchen so zu klingen wie Joy Division. Auf dem Cover sind gemalte Rosen abgebildet in rot und weiß und rosa und daneben ein Farbbalken, der einen Code enthält, eine Botschaft aus Farben, wie Moritz sagt. Er hat mir dieses Album mal zum Geburtstag geschenkt, auf CD, weil ich keinen Plattenspieler habe.

Ich atme den Geruch des leeren Clubs ein, der immer gleich ist: nach alten Ledersesseln, verschüttetem Schnaps, Reinigungsmitteln und feuchtem Beton. Während die ersten Takte von *5-8-6* aus den Lautsprechern dröhnen, denke ich an den Sommer vor zwei Jahren, in dem Tom von seinem alten in den neuen Laden gezogen ist. Er hatte einen Laster gemietet und alle angerufen, die er kannte, auch mich und Moritz, und innerhalb von drei Tagen haben wir den LKW viermal vollgeladen und in den neuen Laden gefahren. Die letzten dreißig oder vierzig Jahre war dort ein Gemüselager untergebracht gewesen; beim Ausladen roch es nach

Bananen und verfaulten Äpfeln. Sogar ein paar Vitrinen standen noch herum, die aber nichts mehr wert waren, und eine alte Eismaschine der „VEB Elektromotorenwerk Dessau“.

Die Decken des Gemüselagers waren weiß gestrichen, zu hell für einen Club, und Moritz und ich standen stundenlang mit einem Hochdruckreiniger unter den Bögen und haben den Kalk von den Ziegeln gespritzt, Zentimeter für Zentimeter, bis unsere Gesichter aussahen wie weiße Masken. Alle halbe Stunde gingen wir ins Freie, wo Tom ein paar Sessel aufgestellt hatte, und tranken Bier, bis wir die Arme wieder bewegen konnten. Seitdem trinke ich immer umsonst, wenn ich bei ihm bin. Tom hebt sein Glas.

„Santé.“

„Lechaim.“

Die Musik lässt den Raum noch größer erscheinen als die Stille vorhin. Die Platte klingt, als käme sie von sehr weit weg, als sei sie in einem Bunker aufgenommen worden. Tom wippt mit dem Knie. Seine Stirn glänzt.

„Wann warst du das letzte Mal hier? Im Winter?“

„Ich glaube im Oktober.“

Tom runzelt die Stirn.

„Die Halloweenparty? Du gingst als Gespenst.“

„Kann mich nicht erinnern.“

„Egal, es ist schön, dass du mal wieder hier bist.“

Tom reibt seine Hände.

„Ich dachte, wir feiern das. Du bist selbstverständlich eingeladen."

„Das klingt toll", sage ich. „Danke."

„Kein Problem."

Tom fährt sich durch die Haare während er telefoniert, läuft auf und ab und lacht immer wieder kurz auf. Ich spüre, wie mein Hals enger wird und mein Herz schneller schlägt, so als sei ich zu schnell gerannt und hätte das Atmen vergessen. Ich wippe mit dem Knie, einfach um mich zu bewegen. Irgendwann springe ich auf und gehe zu Tom, weil ich nicht länger stillsitzen kann.

„Er ist am Alex. Er müsste gleich hier sein", sagt Tom.

„Sag mal, läuft da eigentlich wieder was mit dir und Anna?"

„Ja, weißt du …", fange ich an. „Hast du was dagegen?"

Tom schiebt mir mein Glas zu. Ich nehme einen Schluck, beiße auf der Zitronenscheibe herum und verziehe das Gesicht.

„Quatsch. Irgendwie schade, dass es mit euch nie so gelaufen ist", sagt er.

„Wieso? Es lief doch. Nur eben nicht so lange."

„Ich dachte, du mochtest sie wirklich. Es sah so aus."

Ich zucke mit den Schultern.

„Whatever."

Tom neigt den Kopf nach vorn und zieht die Augenbrauen hoch, während er sein breitestes Jack-Nicholson-Grinsen aufsetzt.

„Aber sie hat einen Wahnsinnsarsch, was?“

Ich muss lächeln.

„Ach, halt die Klappe“, sage ich. „Kommt Daniel noch vorbei?“

„Das glaube ich kaum. Er ist im Moment zu nichts zu gebrauchen. Ab und zu macht er die Garderobe für mich, wenn er nicht zu breit ist, aber an die Bar lasse ich ihn nicht mehr.“

„Seit wann geht das so?“, frage ich.

„Den ganzen Sommer schon. Der soll erst mal runterkommen, seine Schulden abbezahlen und wieder richtig arbeiten, sag ich dir. Moment, das kennst du noch nicht.“

Tom wischt die Hände an seinen Jeans ab und geht zur DJ-Kanzel. Er greift von vorn über das Pult und dreht an den Reglern, weil der iPod zu hoch ausgesteuert ist. Als nächstes wendet er sich der Lichtanlage zu, die eine eigene kleine Box hat. Es ist ein Pult mit unzähligen Hebeln und Schaltern und kleinen schwarzen Knöpfen, unter denen man verschiedene Programme abspeichern kann. Wie es genau funktioniert, weiß ich nicht, denn Tom lässt niemanden damit herumspielen, der sich nicht auskennt. Er geht in die Knie und drückt den Knopf der Nebelmaschine.

„Schau mal.“

Ich gehe auf die Tanzfläche. Es zischt und stottert unter dem Pult. Eine weiße Wolke bewegt sich träge über den Boden, die schnell größer wird. Das ist nichts Neues und ich frage mich, warum er mir sowas zeigt. Dann bemerke ich die Laser, die an Metallschienen unter der Decke angebracht sind. Sie sind viel dünner als die Lichtstrahlen der Schweinwerfer und wirken nicht durchsichtig, sondern flüssig, wenn sie durch den Raum zucken, sich auffächern und wieder vereinen in unvorhersehbaren Mustern. Der Nebel bildet jetzt Wände, grüne Schlieren aus Licht, als schaue man von unten auf eine Wasseroberfläche, auf der Öl schwimmt.

Tom dreht sich um die eigene Achse, das Glas in der Hand. Mit der anderen Hand fährt er in kreisenden Bewegungen durch den Nebel, die die Schlieren verwehen, sie immer komplexer und undurchdringlicher werden lassen. Es sind immer noch New Order, zu denen er tanzt, obwohl der Song – *Your Silent Face* – dafür eigentlich zu langsam ist.

Ich bewege die Lippen zum Text, den ich auswendig kann, ohne wirklich zu singen, und dabei fällt mir ein, was Moritz gesagt hat, als er mir die Platte zum ersten Mal vorgespielt hat: dass sie so schön sei wie eine Atomexplosion. Erhaben, sagte er, und ob ich wisse, was das sei. Nein, antwortete ich und dann erzählte er mir, dass erhaben nur das sei, was man nicht benutzen könne, wie eine Schlucht, ein Sturm oder eine Atomexplosion.

„Hast du das gehört?“

„Was?“

Tom steht still und lauscht. Ich laufe über die Tanzfläche, um die Musik leiser zu drehen, und dann höre auch ich das dreifache Scheppern gegen die Eisentür mit einer langen

Pause nach dem ersten Schlag. Ein Signal, das ich oft gehört habe im letzten Sommer. Ich muss grinsen und noch bevor ich uns eine dritte Runde Gin Tonic gemacht habe, kommt Tom zurück und legt drei Kügelchen vor mir auf die Bar. Sie sind so groß wie Erbsen und aus weißer Plastikfolie, die oben zu einem Zipfel gedreht und verknotet ist. Ich rolle einen Flyer, während er eine von ihnen aufbeißt und den Inhalt auf den Tresen bröselt.

„Nun mach schon“, sagt er. „Die Barfrau kommt gleich.“

„Und?“

„Bist du irre? Die rüsselt mir eh schon die Haare vom Kopf.“

„Stimmt“, sage ich, über meine Linie gebeugt. „Das sieht man.“

Tom reibt sich die Nase und dann den Hinterkopf. Er sieht mich besorgt an.

„Ich mach nur Quatsch. Echt.“

Das Kokain brennt in der Nase, aber viel weniger als das Zeug, das ich gestern mit Anna genommen habe, praktisch überhaupt nicht im Vergleich, und ich warte, bis es hinten im Rachen angekommen ist und nach Metall und Tabletten schmeckt, bevor ich nach meinem Glas greife und einen Schluck trinke. Tom befühlt den Totenkopf auf seinem T-Shirt, kontrolliert die Biervorräte und legt die übrigen beiden Kügelchen in den Geldschrank. Ich sage, dass die Laser wirklich klasse aussehen, und er bittet mich, ein paar Flyer mitzunehmen, wenn ich ausgehe.

„Du gehst doch aus, oder?"

„Ja", sage ich. „Zu Deans Einweihungsfeier."

„Dean ist umgezogen, was?"

„Ja. Er hat eine Wohnung gekauft, in Friedrichshain."

„Die übernehmen hier so langsam alles, die Engländer."

„Dean kommt aus Neuseeland."

Tom schiebt zwei weitere, kleine Lines zurecht, die wie Blitze aussehen, mit einem kleinen Haken in der Mitte.

„Wie dem auch sei. Ich find's gut."

DEANS WOHNUNG LIEGT IN EINEM HAUS mit blauer Tür, dessen Fenster im Erdgeschoss offen stehen. Als ich ankomme, kann ich Grace Jones singen hören und Stimmen, die auf Englisch und Französisch durcheinanderreden. Ich nehme die Stufen bis zu seiner Wohnung; ein Mädchen mit einer riesigen Hornbrille dreht sich um, als ich hereinkomme und sieht mich freundlich an. Trotz der Hitze trägt sie einen roten Wollpullover mit aufgenähten Kristallen, den sie in Manchester bei der Heilsarmee gekauft hat, wie sie gerade dem Jungen erzählt, der neben ihr tanzt, soweit das in dem Flur möglich ist.

„Echt scharfes Teil", sagt der Junge, der vielleicht achtzehn ist. Er berührt die Kristalle, so groß wie Murmeln.

„Darf ich mir den mal ausleihen?"

„Nein."

Auf dem gefliesten Boden schwimmt eine dünne Schicht Flüssigkeit, in der sich Schuhabdrücke abzeichnen, bevor sie von Neuem verwischt werden. Dean steht vor dem Kühlschrank und versucht, eine Wodkaflasche ins Tiefkühlfach zu stopfen. Er trägt Röhrenjeans und eine Art Tunika, die er immer wieder zurückwirft, während er mit der Flasche hantiert und leise den Song mitsingt, der gerade läuft.

„Hey Dean“, rufe ich.

„Hey. Cool dass du da bist. Magst du einen Wodka?“

„Danke.“

Dean füllt ein gespültes Marmeladenglas und wirft zwei Eiswürfel hinein. „Ich stell dir gleich meine Mitbewohner vor, wenn du willst.“

Ich sehe mich um. Die Wohnung hat drei Zimmer und eine offene Küche.

„Wie viele sind’s denn?“

„Im Moment fünf; Spikes Freund ist aus L.A. hergezogen. Der muss hier auch irgendwo rumlaufen. Spike!“

Dean wischt sich mit seiner Tunika übers Gesicht. Nachdem er den Schal zusammengerollt hat, steckt er ihn zwischen einen Messerblock und die Kaffeemaschine und winkt einen Jungen mit weiß gefärbten Haaren heran. Spike redet in gebrochenem Deutsch auf mich ein. Ich verstehe kein Wort, nicke aber trotzdem freundlich, bis Dean mich in eins der Zimmer zieht, in dem ein rundes Bett steht, vor dem die Leute auf dem Boden sitzen und eine Partie *Street Fighter 2* verfolgen. Ein Junge stößt einen überraschten Schrei aus, während sich sein Kämpfer in einen schwarzen Schemen verwandelt, dessen Skelett wie auf einer Röntgenaufnahme blinkt.

Ein neues Spiel beginnt. Ich setze mich neben Dean auf das Bett, trinke Wodka und überlege mir, wie ich das

Gespräch auf Moritz bringen kann. Die beiden kennen sich gut, letzten Sommer haben sie viel Zeit zusammen verbracht, aber Dean will lieber über Indien reden und über London.

„Was hast du denn so fotografiert?“, frage ich.

„Hauptsächlich Handtaschen. Und Kleider. Das heißt, eigentlich wollte ich einen Bildband über Indien machen, aber Indien läuft ja nicht weg.“

„Ja“, sage ich. „Wie war es denn überhaupt in Indien?“

„Es war der Wahnsinn! Ich will nächsten Winter noch mal hin. Und deshalb wohne ich auch wieder hier. Um Geld zu sparen. London ist scheißteuer. Nicht zum Aushalten.“

Spike nickt und bringt uns zwei Pappbecher mit einer roten Flüssigkeit, in der eingelegte Kirschen schwimmen. Er hat auch mal in London gewohnt, wie er sagt, in einem verlassenen Haus, das er mit einem Dutzend anderer Leute geteilt hat, es gehörte einem arabischen Prinzen und stand seit zehn Jahren leer.

„Probiert die Bowle“, sagt Dean.

„Ist da was drin?“, frage ich.

„Was meinst du? Da ist Wodka drin.“

„Kein E?“

„Nein.“

„Dann will ich auch keine.“

Dean lächelt und legt den Arm um meine Schultern.

„Schön, wieder hier zu sein“, sagt er und zupft an seinem Hemd, das an den Manschetten eingerissen ist. Eine Asiatin gewinnt das nächste Spiel, mit Bison, einer Figur, die aussieht wie ein Militärpolizist und mit dem Kopf voran auf seine Gegner zufliegen kann. Als Kind hab ich das ungefähr zehn Stunden am Tag gespielt, das Keuchen der Kämpfer und die Geräusche der Tritte und Schläge sind mir so vertraut wie die Stimme meiner Mutter. Ich frage Dean, ob er nun sein Buch machen will, das über Indien, doch er schüttelt den Kopf und sagt, erst mal nicht.

„Was willst du dann machen?"

„Moment."

Dean reicht seinen Joint an mich weiter. Er ist schon ganz klein und schmeckt leicht nach Marzipan. Ich halte ihn vorsichtig zwischen Daumen und Zeigefinger und inhaliere, bevor ich ihn in das leere Sektglas werfe, das neben dem Bett steht.

„Interessierst du dich für Kunst?"

Ich nicke und lasse den Rauch durch die Nase ausströmen.

„Mmm-hmm", mache ich.

„Dann wird dich das hier umhauen."

Dean richtet sich auf. Er greift neben das Bett, wühlt in einem Stapel Papier und holt seine Kamera hervor, auf deren Display das Bild einer Fabrik aus Backstein zu sehen ist. Im ersten Stock hat sie hohe Bogenfenster, in denen Ventilatoren hängen. Die Fensterscheiben sind zerbrochen, ihre Reste hängen in den Rahmen wie kaputte Zähne. Links am Rand erkennt man eine Villa, ebenfalls aus Ziegeln, deren Verzierungen im Lauf der Zeit schwarz geworden sind.

„Das ist hier ganz in der Nähe“, sagt Dean. „Die Decken sind zehn Meter hoch und haben Löcher, weil es mal besetzt war. Die hatten da offene Feuerstellen, komplett wie in der Steinzeit. Irre, was?“

Ich beuge mich über das Display. Es scheint nur drei Etagen zu geben, von denen die zweite am höchsten ist. Zunächst erkenne ich keine Menschen auf dem Bild und es ist schwer zu sagen, wie groß dieses Haus wirklich ist. Doch dann halte ich die Kamera ganz nah an meine Augen und sehe einen Menschen an der Mauer lehnen inmitten kniehoher Büsche und weggeworfener Flaschen, dessen leicht schiefe Haltung mir bekannt vorkommt. Er hat dunkle Haare, die im Nacken kurz sind und vorne länger, genau wie bei Moritz.

„Wer ist das?“, frage ich und deute auf den Schemen.

Dean blinzelt.

„Keine Ahnung.“

„Wann hast du das Foto gemacht?“

„Vor ’ner Woche oder zwei.“

„Warst du mit Moritz unterwegs?“

Deans Mund steht offen, wie immer, wenn er angestrengt nachdenkt.

„Möglich wär’s.“

Er lächelt.

„Ernsthaft, wer von uns weiß schon, wo er vor ’ner Woche mit wem was gemacht hat. Aber sag mal, wie geht’ s Moritz? Ich hab ihm geschrieben, dass ich wieder da bin, doch er hat sich nicht gemeldet. Ans Telefon geht er auch nicht. Hat er 'ne neue Nummer?"

Ich stiere in mein Glas, sage nichts. Ich kann einfach nicht. Dean deutet auf das Kameradisplay, klickt sich durch weitere Fotos, die vor allem Nahaufnahmen der Türen und Treppen zeigen. Sie sind völlig heruntergekommen und baufällig, die fehlenden Geländer durch Konstruktionen aus rohem Holz ersetzt, die Fenster leer. Ich bitte ihn, langsamer zu klicken, weil ich hoffe, die Gestalt mit der linkischen Haltung wiederzusehen, aber sie taucht nicht mehr auf. Dann bitte ich ihn, mir noch mal das erste Bild zu zeigen, den Ausschnitt zu vergrößern und das Datum auszulesen. Das Bild ist zwei Wochen alt. Von einem Moment auf den anderen fühle ich mich unendlich müde und traurig, aber Dean bemerkt es nicht. Er ist glücklich, dass ich mich so für sein Projekt interessiere.

„Wasser gibt es keins, jedenfalls nicht im Moment. Aber das braucht man ja auch nicht unbedingt zum Malen."

„Du malst?"

„Nein, aber mein bester Freund. Der wird da sein Atelier bekommen und in den übrigen Räumen können wir Ausstellungen machen. Er ist schon ganz schön bekannt in Neuseeland. Du weißt schon, da wo die Leute auf den Händen laufen."

Dean grinst. Seine Augen sehen rot aus, richtig blutunterlaufen, und ich folge seiner Geste zu dem Gemälde an der Wand, das einen riesigen Totenkopf zeigt, der beinahe die gesamte Leinwand ausfüllt. Er wirkt halb durchsichtig, weil die weiße Farbe des Schädels auf der schwarzen aufgetragen ist. An manchen Stellen hat sie Schlieren gebildet und kleine Tropfen, sodass es aussieht, als ob der Schädel schwitzen würde, während er auf uns heruntersieht, grinsend und stumm.

„Ist von ihm", sagt er. „Cool, oder?"

Ich nicke. Es ist ein ganz gewöhnlicher Totenkopf, wie man ihn in letzter Zeit überall sieht, aber dieser hier ist wirklich unheimlich. Was haben alle nur mit diesen Schädeln, denke ich. Ich habe sogar schon Kinder gesehen, die Totenkopfschals tragen oder T-Shirts mit Totenköpfen. Vielleicht liegt es einfach daran, dass er so groß ist, aber als ich länger zu dem Schädel hochschaue, wird mir unbehaglich zumute.

„Sag mal, Dean?"

„Ja?"

„Hat Moritz dir geschrieben, während du in London warst?"

„Nein. Ich glaube, er war ein bisschen sauer auf mich."

„Weil du weggegangen bist?"

„Er mochte nicht, was ich da gemacht habe."

„Nein", sage ich, „das mochte er nicht."

Ich denke an die Abende im letzten Sommer, die Dean bei uns verbracht hat. Moritz hatte eine 16-mm-Kamera gekauft und einen Projektor, sie wollten damit etwas drehen, und soweit ich weiß, haben sie das auch, sind in den Tiergarten gefahren im Morgengrauen und an den Schlachtensee, aber ziemlich mittendrin ist Dean nach London gezogen, und das hat Moritz ihm wohl nicht verziehen.

Dean zündet sich einen weiteren Joint an. Jemand schüttet Wein in unsere Gläser, in denen noch etwas Wodka ist. Er legt die Hand auf meine Schulter.

„Ich mag Moritz. Aber manchmal ist er mir zu viel. Einfach zu viel. Alles ist so … konzentriert. Wie hältst du das bloß immer aus?"

„Ich weiß nicht", sage ich und trinke einen großen, brennenden Schluck Rotwein mit Wodka vermischt. Ich fühle mich unendlich müde, so als würde ich gleich umfallen und erst in ein paar Tagen wieder aufstehen. Dean sieht mich an mit seinen roten Augen und plötzlich bemerkt er, dass ich richtig fertig bin und gießt mir noch mal nach.

„Aber es ist schon gut, dass er da ist. Er ist echt was Besonderes."

„Ja", sage ich. „Das ist er."

„WIR WISSEN DOCH GAR NICHT, was wir da sehen, wenn wir jetzt ins Kino gehen. Den Film, den wir damals gesehen haben, gibt es nicht mehr, verstehst du, der ist weg. Es ist immer ein neuer, den du siehst. Jedes Mal sind die Farben anders und die Stimmen und die Musik.

Ein neuer Film."

Moritz saß mir gegenüber, ein Programmheft in der Hand. Im Filmmuseum Potsdam lief *Zabriskie Point* sein Lieblingsfilm. Er sah ihn sich alle paar Monate auf DVD an, in seinem Zimmer auf dem Boden liegend, den Kopf gegen das Bett gelehnt. Es musste Nacht sein und völlig dunkel in der Wohnung. Nicht einmal im Flur durfte Licht brennen, und am liebsten wäre es ihm wohl gewesen, wenn er auch die Straßenlaternen hätte ausschalten können und die Scheinwerfer der Autos und alle Leuchtreklamen.

Aber selbst bei völliger Dunkelheit sei es nicht dasselbe wie im Kino, nicht mal im Ansatz, erklärte mir Moritz. In einem Kino entstünden die Bilder nicht aus hellen Pixeln, sondern aus den dunklen Stellen auf dem Zelluloid. Gäbe es sie nicht, sei die Leinwand einfach weiß. Das müsse man sich mal klarmachen: Die Dunkelheit macht den Film, nicht das Licht. Und deshalb sei ein Film, speziell dieser, nicht aus Informationen zusammengesetzt, sondern „die Information selbst".

Ausgerechnet diesen Film hatte er noch nie im Kino gesehen, und er wollte, dass ich mitkomme, die ganzen eineinhalb Stunden mit der Bahn nach Potsdam. Ich tat ihm den Gefallen, obwohl es ein heißer Tag war und ich lieber an den See gefahren wäre. Die S-Bahn war voller Ausflügler, die Taschen und Tüten mit Decken, Proviant und Bierflaschen bei sich hatten. Ich trug eine abgeschnittene Jeans und ein weißes Spongebob-T-Shirt, das ebenso blass war wie Moritz' Gesicht. Er sah aus, als hätte er die letzten Wochen in einem dunklen Zimmer verbracht. Die Rentner auf den Sitzen gegenüber musterten uns misstrauisch, sagten aber nichts, und ich fragte Moritz, worum genau es in dem Film eigentlich gehe.

„Warte einfach bis zum Schluss. Dann siehst du's."

„Was denn?"

„Na alles."

Wir waren allein im Saal. Niemand außer uns will diesen Film sehen, dachte ich verzweifelt, niemand. Bevor er anfing, kaufte ich mir Weingummi und Bier. Als ich zurückkam, war die Leinwand orange und die Bilder verschwommen, als hätte jemand die Kamera falsch eingestellt.

Zuerst sah man junge Leute, die in einem Raum saßen und debattierten. Hören konnte man sie nicht, denn anstelle des Tons lief Musik. Eigentlich sah man diese Menschen auch nicht richtig, sondern immer nur ganz kurz und in Ausschnitten: die Hälfte eines unrasierten Kinns. Die Wange eines Mädchens. Ein Auge, das nicht blinzelt. Eine Hand, die eine belehrende Geste macht. Den Rand einer Hornbrille.

Sie wirkten konzentriert und aufmerksam, diese Gesichter, doch sobald die Einstellung scharf wurde, bewegte die Kamera sich weiter, als suche sie jemanden und fände ihn nicht. Als die Musik schließlich abbrach und die orange Farbe verschwand, hörte man einen Schwarzen in einem olivgrünen Hemd zu den Leuten sprechen, deren Gesichter man zuvor gesehen hatte.

Er forderte sie dazu auf, den Campus zu besetzen, *„bis alle Forderungen erfüllt sind"*. Ein blondes Mädchen hob die Hand und fragte, ob man nicht auch die Wünsche der weißen Studenten mit einbeziehen könne, woraufhin ihr ein anderer Schwarzer erklärte, wie man einen Molotowcocktail baut: nämlich mit einer Flasche, zur Hälfte gefüllt mit Benzin und Kerosin und mit einem Fetzen Stoff, den man anzündet, bevor man die Flasche wirft. „Damit kannst du deine Forderungen durchsetzen."

Ob er bereit sei zu sterben, fragte ihn jemand von den Weißen, und der Schwarze antwortete, dass schon so viele Farbige vor ihm gestorben seien, dass einer mehr keinen Unterschied mache.

Der Raum war überfüllt; die Studenten saßen auf den Heizkörpern oder auf dem Boden, eng aneinandergedrängt, doch für einen Moment herrschte tatsächlich Ruhe, und jetzt erhob sich ein weißer Student und sagte, dass er auch bereit sei zu sterben. Er stand ganz hinten an der Wand, und obwohl er ein zerrissenes T-Shirt anhatte und strubbelige lange Haare hatte, sah er viel besser aus als alle anderen in dem Raum. „Ja", wiederholte er und machte eine kleine Pause, bis sogar die Schwarzen hinter dem Tisch ihn bemerkten. „Aber nicht vor Langeweile!"

So fing der Film an, und das ist ja schon mal nicht schlecht. Ich meinte zu wissen, warum Moritz das gefiel und das macht mich jedes Mal glücklich, weil ich oft ziemliche Probleme damit habe, zu verstehen, warum er etwas mag oder hasst oder einfach bloß ignoriert. Während wir den Film sahen, hatte ich das Gefühl, ihm besonders nahe zu sein, ohne genau zu wissen warum, und während auf der Leinwand ein Haufen Anzugträger die Besiedelung der Wüste verhandelte, drehte ich uns im Dunklen einen Joint.

Diese Managertypen hatten Landkarten vor sich, in denen bunte Nadeln steckten, und sie folgten den Straßenverläufen mit ihren manikürten, braunen Fingern zu einer Villa am Rand der Wüste. Die Kamera löste den Raum in einzelne Einstellungen auf: Stahlrohrmöbel auf dem Holzbalkon, daneben Ausgaben des National Geographic. Ein Aschenbecher mit einer brennenden Zigarette. Ein Transistorradio, Cocktailgläser, Jagdgewehre an der Wand.

Schließlich sah man nochmals die ganze moderne Villa, die in der Stille thronte, am Rande der Zivilisation, perfekt und autark, mit Swimmingpool und allem.

Dann explodierte das Haus.

Es gab einen Knall, der mich hochfahren ließ. Ein riesiger Feuerball ließ Holzstücke in den Himmel fliegen, beim Herunterfallen zogen sie kleine Rauchfähnchen hinter sich her. Sie regneten auf die roten Felsen, auf denen eben noch die Villa gestanden hatte, und wo jetzt bloß noch Rauch zu sehen war, der sich langsam zu einem Pilz formte, schwarz und drohend und schrecklich. Ich fuhr zusammen, weil das so unerwartet kam, komplett ohne Vorwarnung, und dann explodierte das Haus noch mal in genau den gleichen Bildern und dann noch mal und noch mal und jedes Mal erschreckte ich mich aufs Neue, weil das so seltsam war und das Haus mit jeder neuen Einstellung näher rückte, bis man meinte, sich inmitten der Explosion zu befinden.

Ich dachte, ich hätte so etwas noch nie gesehen, aber dann wurde mir klar, dass das nicht stimmt, denn mit den Videos vom 11. September war das ähnlich gewesen: Auch dort kam der Einschlag völlig unerwartet und auch sie wurden später immer wieder abgespielt, obwohl man genau wusste, was man da sehen würde. Nein, eigentlich war das genauso, aber im Kino hatte ich das Gefühl, mitten in dem Film zu sein: in einem blauen, leeren Himmel, vor dem Gartenmöbel in die Luft gejagt wurden. Man wusste nicht, wo sie herkamen, sie waren einfach da: ein weißer Tisch mit Sonnenschirm, der quer durch die Luft trieb, ein Kleiderschrank, dessen Inhalt in Zeitlupe auf die Kamera zuflog und sich dabei auseinanderfaltete, ein Fernseher, in dem jemand die Nachrichten verlas, bevor er in tausend Stücke zersplitterte.

Alles wurde leicht. Die Dinge trieben auseinander, unendlich langsam, wie durch Öl. Man sah Bücher und Magazine, deren Seiten über die Leinwand flatterten wie Vögel. Ein Kühlschrank explodierte, Cornflakes-Packungen stiegen in den Himmel, Saftflaschen und Dosen, ein Suppenhuhn, Melonen und Orangen. Schicke Kleider waren bloß noch Fetzen, bunt und verschwommen wie Wasserfarben auf einem feuchten Blatt Papier, und ich saß da ohne mich zu bewegen, ohne zu atmen, während ein knallroter Hummer sich in einer Wolke aus Salat um sich selbst drehte.

Ich sah Moritz von der Seite an. Seine Lippen waren leicht geöffnet, als würde er was er sah auch gleich einatmen wollen; seine blasse Haut schimmerte in den Farben der explodierenden Welt. Ich sah ihn lange an, mehrere Minuten, unbemerkt, aber nicht verstohlen. Als ich wieder nach vorne blickte, war die Szene vorbei. Musik erklang, jemand fuhr in den Sonnenuntergang. Der Film war zu Ende. Wir erhoben uns wortlos, steckten unsere Colaflaschen in einen leeren Getränkekasten und traten in die Abendsonne.

Nebeneinander gingen wir durch Potsdam wie durch eine entlegene Vergangenheit, die ebenso gut die ferne

Zukunft sein konnte. Ich achtete auf die Bewegungen, die die Passanten beim Gehen machten, auf die Form von Mülleimern und Laternen, auf die Botschaften von Reklametafeln. Wir waren Touristen in einem fremdartigen Land, eben aus dem Flugzeug gestiegen, unfähig, auch nur eine Speisekarte zu lesen.

In der S-Bahn starrte Moritz aus dem Fenster. Es war sinnlos, sich über *Zabriskie Point* zu unterhalten. Als der Zug in den Hauptbahnhof einfuhr, war sein Kopf gegen die Scheibe gelehnt, hinter der sich Netze aus Stahl ineinanderschoben. Der Bahnhof war noch ganz neu; alle Wände bestanden aus Glas, das sich endlos spiegelte. Über dem Dach erahnte man einen massiven dunklen Riegel, der quer über der Halle lag, „*BOMBARDIER*" stand auf einem großen Transparent und darunter, sehr viel kleiner, *Willkommen in Berlin.*

Ich presste die Stirn gegen die Scheibe. Runde Aufzüge glitten von den oberen Bahnsteigen in die Untergeschosse, wo sich Läden und Restaurants befanden und, ganz tief unten, die Gleise der Fernbahn. Man konnte alles gleichzeitig sehen, weil alles, wirklich alles aus Glas war, durchsichtig und doch undurchschaubar, ineinander verschränkt und verwoben, aber wirklich erkennen konnte man nichts, und ich hatte den Eindruck, dass genau das auch beabsichtigt war.

Es gab eine Durchsage, Reisende stiegen aus und ein. Der Zug fuhr langsam an, und dann sah ich, wie die Stahlträger der Halle nach außen gedrückt wurden und die

Scheiben zersplitterten, während Menschen mit brennenden Rollkoffern in den Händen über die Bahnsteige wirbelten und in den Himmel gezogen wurden als zur Unkenntlichkeit verbrannte, hässliche Larven. Das Dach brach auf und gab den Blick frei auf das Regierungsviertel mit dem Kanzleramt, das nun ebenfalls explodierte und Tonnen von Staub über dem Tiergarten niedergehen ließ wie ersten Schnee. Ich atmete ein, gierig auf den Geruch von Feuer und Zerstörung, aber ich roch nur Deo, Schweiß und Sonnencreme: den Sommer in der S-Bahn.

ICH NEHME DEN PARKEINGANG gegenüber der Zehdenicker Straße und sehe mich um, so als würde ich auf jemanden warten. Nachdem ich etwa eine Minute gewartet habe, kommt ein Mann mit schwarz gelockten Haaren auf mich zu, die unter seiner Basecap hervorschauen. Er bleibt ganz dicht neben mir stehen, ohne mich anzusehen.

„Für 'nen Zehner", sage ich.

„Halt mal die Hand auf."

Es dauert einen Moment, weil ein paar Brocken an der Innenseite des Tütchens kleben bleiben, und während wir so beieinanderstehen und aneinander vorbeisehen, kommt eine Frau in einem silbernen Top den Weg entlanggelaufen. Sie lächelt müde, und die beiden unterhalten sich kurz auf Arabisch. Der Mann reicht ihr ein kleines Päckchen, das sie zwischen ihren Brüsten verschwinden lässt, und wieder lächelt die Frau, etwas weniger müde.

Ich setze mich auf eine der Bänke unter den hohen Bäumen, die den Park von der Brunnenstraße abgrenzen, und drehe einen Joint. Mir ist ein bisschen schummrig wegen der Hitze, aber nachdem ich drei Züge genommen habe, geht es mir bedeutend besser. Ich lege den Kopf in den Nacken und sehe nach oben in die Baumkronen. Auf einer Bank neben mir liegt ein Obdachloser und schläft. Er hat seine prall gefüllten Plastiktüten voller Pfandflaschen unter der Bank verstaut. Ein paar Spatzen hüpfen um ihn herum und picken die Reste eines Toastbrotes auf, das er vielleicht gegessen hat, bevor er sich hinlegte. Zwei angebissene Scheiben liegen vor ihm auf der Erde, zerfetzt von den Vögeln, deren winzige Köpfe hin und her rucken, während sie Brotstückchen über den Kies schleppen und mit den Schnäbeln zerteilen.

Ich sehe zu, wie ein Spatz ein besonders großes Stück Brot aufpickt und damit wegfliegt. Er ist irre schnell, wie ein Blatt, das in einem weiten Bogen fortgeweht wird, hinauf in den starren, blauen Himmel, und plötzlich ist da wieder dieses Gefühl, ich würde nach oben fallen, wenn ich mich nicht festhalte. Meine Hände umklammern die Bank, den Joint behalte ich im Mund. Ein Spatz landet auf der verwitterten Lehne und sieht mich neugierig an.

„Man kann nicht in den Himmel fallen“, sage ich zu dem Vogel. „Nicht mal du.“

Vielleicht sollte ich weniger rauchen, aber es beruhigt mich. Moritz wird davon immer ein bisschen verrückt, deshalb lässt er meist die Finger davon, und plötzlich muss ich an die Sommerferien denken, damals, nach der elften Klasse, als seine Eltern auf Mallorca waren und wir das Haus für uns hatten. Wir rauchten schon beim Frühstück und nahmen zum ersten Mal überhaupt LSD. Ich sah unglaubliche Farben und Moritz ruinierte den Rasen hinter dem Haus, indem er ihn pausenlos wässerte, weil sich dann, wie er mir immer wieder erklärte, irgendwann Sumpfgase bilden würden.

Er faselte was von grünen Lichtern und Orchideen und blieb die halbe Nacht wach, einen Cognacschwenker in der Hand, während er durch die Terrassenfenster den Rasensprengern zusah, die sich mit einer mechanischen, geisterhaften Eleganz drehten, immer weiter und weiter, bis das Gras matschig wurde und man bis zu den Knöcheln darin versank. Irgendwann drehte ich den Haupthahn zu, woraufhin Moritz mir mit einem Kaminhaken drohte.

„Du hast das Experiment kaputtgemacht. Verantworte dich!", schrie er.

„Wovon redest du?", fragte ich und bekam Angst, obwohl er in seinem Bademantel schmächtig und lächerlich aussah. Ich hatte so einen starren Blick bei ihm noch nie gesehen.

„Die Plantage. Sie ist zerstört."

„Du spinnst ja."

Moritz schwang den Feuerhaken und verfolgte mich durchs Wohnzimmer bis in den Garten, der wie ein überschwemmtes Reisfeld aussah. Mitten im Laufen blieb ich stehen, und während Moritz ins Schlittern geriet, verpasste ich ihm mit aller Kraft einen Kinnhaken.

Er fiel wie ein Stein. Einen Moment lang war nur das Tschik-Tschik-Tschik der Rasensprenger zu hören und ich blieb wie eingefroren stehen. Erst als ich sah, wie heftig Moritz blutete, setzte ich mich panisch in Bewegung, aber wegen der Drogen konnte ich ihn nicht ins Krankenhaus bringen; stattdessen reichte ich ihm stapelweise Handtücher, die wir später verbrannten. Die Wunde wurde nie genäht. Sie hinterließ eine weiße, zackenförmige Narbe am Kinn, die man immer dann sieht, wenn Moritz den Kopf hebt.

ICH HABE SCHON DREIMAL VERSUCHT, Anna anzurufen, weil wir eigentlich verabredet sind. Als sie zurückruft, entschuldigt sie sich dafür, gestern nicht bei Dean aufgetaucht zu sein, sie sei schon verabredet gewesen. Mit wem sagt sie nicht und ich frage auch nicht weiter nach. Anna seufzt. Ich kann eine Tram hören, die an ihr vorbeifährt, sich mit einem gedehnten Ächzen in die Kurve legt und dann das Knistern des Windes am Mikrofon.

„Weißt du, wozu ich Lust habe?", fragt sie. „Einfach mal rauszufahren."

„Wohin denn?"

„Egal. Ich will den Himmel sehen. Bäume. Wasser. Im Gras liegen. Einfach rausfahren."

„Du hast Recht. Das wäre gut."

Ich streiche mir mit der linken Hand über meine Jeans. Ich bin wütend auf sie, weil sie sich nicht an unsere Verabredung gehalten hat, aber auch geil. Vielleicht verstärkt das eine ja auch das andere, jedenfalls habe ich das wirklich dringende Bedürfnis, sie zu sehen.

„Es ist schon drei", sage ich. „Wir sollten bald losfahren, wenn wir noch ins Wasser wollen."

Etwas raschelt am anderen Ende der Leitung. Man hört jemanden sprechen, aber nur ganz leise, und dann wieder das Knistern von vorhin und jetzt merke ich, dass das nicht der Wind ist, sondern Annas Atem.

Eine Stunde später hält Anna vor meinem Haus. Ihr Auto ist ein alter Mercedes 190, mit zerschlissenen, karierten Polstern und kleinen glänzenden Aschenbechern. Sie hat einen CD-Spieler eingebaut und ein Navigationsgerät an den Zigarettenanzünder angeschlossen, und während sie den Anweisungen auf dem Bildschirm folgt, drehe ich das Fenster herunter und atme die warme Luft ein, den Geruch nach Abgasen und Grillhähnchen und heißem Teer.

Die kleinen Lautsprecher spielen erst Devendra Banhart, dann Kraftwerk, dann Morrissey und dann wieder Devendra Banhart. Wir fahren Richtung Norden, durch den Wedding, vorbei an Autohäusern und Tankstellen und Möbelcentern.

Anna sagt, dass der See total einsam sei; sie habe ihn über Google Earth gefunden.

„Das Wasser sah auf dem Bildschirm irre blau aus", redet sie weiter und ich drehe uns Zigaretten. Annas Haare flattern im Wind. Unterwegs kommen wir an Feldern vorbei, auf denen der Mais meterhoch wächst, fahren durch Alleen grüner Bäume, durch die das Licht hindurch scheint wie durch die bunten Scheiben einer Kathedrale. Es dauert eine

Weile, bis wir so schnell sind wie die anderen Autos, aber dann ist es mehr ein Gleiten als ein Fahren und der Mercedes wippt, wenn er über eine Bodenwelle fährt, wie ein Schiff.

Nach einer Stunde kommen wir in einen Ort, in dem kleine Häuser mit tief nach unten reichenden Dächern stehen. Sie sind so geduckt, als würden sie sich schämen. Der Ort wirkt wie ausgestorben, bis auf eine Apotheke, die geöffnet zu sein scheint, und ein paar Schilder weisen auf ein Gewerbegebiet hin. Kurz nachdem wir ihn verlassen haben, biegt Anna von der Landstraße in einen Feldweg ein, der so schmal ist, dass die Sträucher quietschend an den Türen entlang streichen.

Sie lässt den Wagen ausrollen, und als die Musik verstummt, trifft mich die Stille wie ein Schlag. Nichts ist zu hören, nur das Blut in meinen Ohren und die Grillen im Gras, dessen Halme mir bis zur Hüfte reichen. Über uns kreist ein Raubvogel, ohne ein einziges Mal mit den Flügeln zu schlagen. Ich sehe keine Häuser weit und breit, keine Straßen, nicht mal Zäune.

„Wo ist der See?“, frage ich.

„Der muss hier irgendwo sein.“

Anna nimmt eine Stofftasche aus dem Kofferraum und zwei Handtücher, die ich mir unter den Arm klemme. Ich setze die weiße Wayfarer auf, die ich im Handschuhfach gefunden habe, und dann gehen wir los, den Pfad entlang in Richtung eines Waldstücks. Als wir näherkommen, bemerke ich ein Glitzern zwischen den Zweigen.

„Guck mal!“

Der See ist steil wie ein Bombenkrater, die Ränder dicht bewachsen. Es gibt viele hohe Bäume, die ganz dicht am Ufer stehen und von denen einige erst vor kurzem umgeknickt sein müssen. Ihre Kronen treiben im Wasser, das so klar ist, dass man bis auf den Grund sehen kann, aber nicht blau, sondern gelblich wie Kamillentee. Es gibt keine Wiese und auch keinen Strand, doch nachdem wir einige Meter gegangen sind, kommen wir zu einem kurzen Steg. Er ist mit einer dünnen, lehmigen Schicht überzogen, in der sich die Fußabdrücke von Schwimmern abzeichnen, trocken und rissig wie Fossilien.

„Fuck. Mich hat was gebissen.“

Anna wirft die Tasche ins Gras. Sie streift das Männerunterhemd über den Kopf, das sie trägt, und ich sehe ihre Brüste aufblitzen, die heller sind als die übrige Haut, beinahe weiß.

„Schnell rein“, sagt sie. „Bevor sie uns auffressen.“

Das Wasser ist an der Oberfläche warm, doch darunter verdammt kalt und ich stöhne laut auf, wenn ich eine besonders kühle Stelle durchschwimme. In der Mitte des Sees treibt eine Plattform aus Plastikfässern und Holzbalken. Anna taucht immer wieder unter, um dann zehn Meter weiter aufzutauchen und sich nach mir umzusehen.

„Komm schon“, ruft sie. „Wer als erster drüben ist.“

„Bei der Plattform!“, rufe ich zurück, aber der Wald

scheint meine Stimme zu verschlucken. Ohne eine Antwort abzuwarten, drehe ich mich auf den Rücken und beginne zu kraulen. Auf halber Strecke mache ich Halt, paddele auf der Stelle, drehe mich um mich selbst, suche nach Anna. Die Sonne steht mittlerweile ziemlich tief; die Hälfte des Sees liegt bereits im Schatten.

„Anna?“

Ich streiche mir die Haare aus der Stirn. Das Wasser vor mir ist voller kleiner Wellen, aber ohne Luftblasen oder die schräg verlaufenden Linien, die ein Schwimmer hinterlässt. Ich höre den schwachen Wind in den Baumkronen und in einiger Entfernung ein Flugzeug. Ich rufe noch zweimal, lauter als vorhin, dann schwimme ich zur Plattform, die mit einem Seil am Grund festgemacht ist.

Die Balken sind lose und halb vermodert, das Holz brüchig. Sie schaukelt wild hin und her, als ich draufklettere, und als ich schließlich oben bin und mich umsehe, beginnt sie sich noch heftiger zu bewegen. Ich gehe in die Knie, doch das Schaukeln ist so stark, dass ich rückwärts runterfalle und, die Arme ausgebreitet, in einer Wolke aus Tropfen und Gischt, wieder im See lande. Ich tauche prustend auf und sehe Annas grinsendes Gesicht, das Kinn knapp über dem Wasser, die Haare ein wirres Netz auf ihren Wangen.

„Überraschung.“

„Du spinnst ja.“

Anna kichert, klettert behende auf die Plattform und legt sich flach auf den Rücken, in die warme Sonne. Ich setze mich neben sie. Der Steg wirkt von hier aus ganz klein. Nicht weit davon sind grüne Boote an einer Boje vertäut, versteckt unter den überhängenden Zweigen. Es ist ein ziemliches Stück, das wir geschwommen sind, und nachdem ich mich einigermaßen beruhigt habe, betrachte ich die Wassertropfen auf Annas Schenkeln und die feinen Haare auf ihren Armen, die in der Sonne glänzen.

„Das kriegst du zurück."

Anna lächelt und legt die Hand über die Augen. Ihre Brüste heben und senken sich regelmäßig und ich frage mich, ob sie das absichtlich macht, damit ich sie ungestört betrachten kann. Ihre Hüftknochen treten hervor, wenn sie liegt, und ich bemerke ihre harten Nippel, die hellrot glänzen in dem Licht und sich jedes Mal aufrichten, wenn ein Windstoß über die Plattform geht. Ich fahre mit der Hand über ihren Schenkel, ganz sachte, und als sie eine Gänsehaut bekommt, küsse ich sie auf den Mund.

„Und wenn uns jemand sieht?"

„Es ist niemand hier."

Annas Brüste passen genau in meine Hand, weich und trotzdem fest. Sie krümmt ihren Rücken und führt meine Hand über ihren Bauch, zwischen ihre Beine, wo meine Finger eine ganze Weile bleiben, bevor ich sie ablecke und sie dabei ansehe.

„Sei vorsichtig", flüstert sie.

Die Plattform schwankt. Das Wasser macht plätschernde Geräusche und ich spüre die Sonne auf meinem Rücken und die Anspannung in meinen Armen, während ich mich über ihr bewege. Ich betrachte ihre geschlossenen Augen, die dünne, violette Haut ihrer Lider und dahinter das Wasser, in dem sich die Bäume spiegeln, dunkelgrün mit ein paar Birken dazwischen, deren Stämme weiß hervorleuchten. Meine Finger graben sich in das brüchige, nasse Holz, während Anna meinen Hintern festhält. Bald beginnen ihre Lider zu flattern und es fühlt sich an, als ob sich eine Faust um meinen Schwanz schließen würde, immer fester und immer schneller. Ich küsse ihren Hals, der nach Sonnenmilch schmeckt, und als ich mich auf die Seite drehe, greift sie mir zwischen die Beine und ich sehe erst in den Himmel und dann kopfüber in den See, bis mir schwindlig wird und weiße Schlieren ins Wasser fallen, die wie Kaulquappen aussehen.

Wir bleiben noch eine Weile auf der Plattform, bis unser Atem sich beruhigt hat und die Schatten der Bäume länger und länger werden. Anna springt als erste ins Wasser, stöhnt auf und schwimmt ans Ufer, das flach und schlammig ist. Als wir auf den Steg zugehen, sinken wir bis zu den Knöcheln ein. Anna deutet auf einen Baum in der Nähe, ihre Flip-Flops in der Hand, mit der Hand den Schmutz abwaschend.

„Meinst du, das sind Buchen?“

„Ich glaub schon.“

„Der da hat jedenfalls Krebs.“

Anna geht hin, um mit der Hand über die graue Rinde zu streichen. Der Stamm ist etwa einen Meter breit und hat überall dicke Wülste und kleine, kümmerliche Äste, die wie verdrehte Kinderarme aussehen, deren Gelenke geschwollen sind.

„Stimmt", sage ich. „Baumkrebs."

„Das ist unheimlich."

„Dann sieh dir mal den an."

Ich deute auf einen anderen Baum, der umgestürzt und dann quer über den Boden weitergewachsen ist. Er hat sich in mehrere Stämme gespalten, die sich wiederum mit anderen Bäumen verkeilt haben, sodass es aussieht, als ob der Baum ein paar Schritte gegangen und dann gestolpert sei, für immer festgewachsen in einer unglücklichen Lage.

„Uhhh."

Anna läuft in den halb dunklen Wald. Ihr Unterhemd leuchtet zwischen den schwarzen Stämmen. Ich folge ihr über abgefallenes Laub und tiefschwarze Erde, umarme sie von hinten, während sie die Hände über den Stamm fahren lässt. Die Rinde ist abgeblättert, das Holz fleckig und blass: ein Leichenbaum. Anna knibbelt daran herum, den Kopf schräg gelegt, und ich schiebe eine Hand in ihren Slip und die andere unter das Hemd, während ich den Geruch ihrer feuchten Haare einatme.

Auf der Rückfahrt schlafe ich ein, müde von der Wärme und dem Brummen des Motors. Einmal weckt mich Anna, damit ich ihr einen Joint drehe, den wir während der Fahrt rauchen. Links und rechts zieht dieselbe Landschaft vorbei wie auf der Hinfahrt, doch die Farben sind jetzt anders, intensiver, als hätten sie sich den Tag über mit Licht vollgesogen, um dann alles auf einmal abzugeben, kurz bevor die Sonne verschwindet. Wir hören wieder Devendra Banhart, der erst *Shabob Shalom* singt und dann *At the Hop.* Es ist eine Musik, die einem das Gefühl gibt, in einer besseren Welt zu leben als man es tatsächlich tut. Ich summe die Melodien mit, und als wir die Stadt erreichen, schaltet Anna ihr Telefon ein, das unter dem Sitz liegt und fragt, ob ich schon was von Moritz gehört hätte.

Ich lege die Sonnenbrille zurück ins Handschuhfach. Die Stadt ist eine Ansammlung von Lichtern, die zu weichen Linien verschwimmen, wenn man den Kopf gegen die Scheibe legt, gelb und rot und weiß.

„Hast du versucht, ihn anzurufen?", frage ich.

„Ja", sagt sie, „ein paar Mal. Ich wollte was kaufen, aber beide Nummern waren aus."

„Ich weiß", sage ich. „Ich weiß."

„Machst du dir keine Sorgen?"

Anna sieht mich von der Seite an. Ihre Haare sind mittlerweile trocken und lockiger als sonst; die Strähne hinter ihrem Ohr springt immer wieder hervor, doch sie streicht sie geduldig zurück, ein ums andere Mal. Ich greife nach ihren Zigaretten und versuche eine anzuzünden, was mir erst beim dritten Versuch gelingt.

„Was glaubst denn du?"

„Ich hab ja bloß gefragt."

„Ich suche nach ihm."

„Wo denn?"

„Wo er so hingeht. Normalerweise."

„Der ging doch schon lange nirgends mehr hin."

„Wie meinst du das?"

Anna greift nach den Zigaretten. Ihre Hand schüttelt die Packung, bis eine herausschaut, die sie mit den Lippen herausziehen kann.

„Du weißt doch, wie seltsam er in letzter Zeit war."

„Das war er immer schon."

„Aber irgendwas war nicht in Ordnung mit ihm. Das musst du doch gemerkt haben."

Wir halten vor einer roten Ampel an der Bernauer Straße, gegenüber der Mauergedenkstätte, vor der haufenweise Blumen liegen. Die Blumen sind verwelkt, ihr Geruch dringt bis zum geöffneten Fenster, während wir langsam weiterfahren. *Wenn man was will, muss man vor allem erst mal brennen. Und dann verglüht man. Ist doch klar.*

„Ich hab überlegt zur Polizei zu gehen. Vielleicht ist ihm ja was passiert."

„Bist du bescheuert?"

„Wieso?"

„Er hat gedealt, Mensch."

Anna stößt eine Rauchwolke aus, die sich im Wagen auflöst.

„Das wissen die doch nicht. Vielleicht hatte er einen Unfall“, wende ich ein. „Mit dem Auto vielleicht.“

„Wenn's was Schlimmes wäre, würden seine Eltern dich doch sicher anrufen. Du kennst die doch.“

„Ja“, sage ich.

„Und hast du sie mal gefragt?“

„Nee.“

Ich werfe die Kippe aus dem Fenster.

„Ich find's komisch“, sagt Anna und sieht auf die Straße. „Ich find auch Moritz komisch. Aber musst du selber wissen. Er war ja *dein* Freund.“

„Wieso war?“, frage ich. „Wieso *war?*“

Anna sieht mich an.

„Entschuldige. Er *ist* dein Freund. Wo immer er auch ist. Entschuldige.“

Anna legt die Hand auf meinen Oberschenkel. Wir halten erneut, diesmal an der Invalidenstraße, und sie kurbelt das Fenster hoch und beobachtet links und rechts den Verkehr.

„Soll ich hier abbiegen?“

„Weißt du nicht, wo du wohnst?“

„Doch“, sagt Anna und gibt mir einen Kuss auf die Wange. „Ich dachte, ich bring dich noch nach Hause.“

ICH NAHM EINEN TELLER aus dem Schrank und zündete die Herdflamme an. Es war ein sonniger Tag, der vierte oder fünfte in Folge. Das Küchenfenster stand weit offen, Wind und ferner Baulärm wehten herein. In der Wohnung wurde es langsam zu warm, aber noch nicht morgens. Moritz war bereits hellwach und saß vor einem Becher Kaffee. Er trug ein weißes Garfield-T-Shirt, das er sich in den Bund seiner engen schwarzen Jeans gestopft hatte. Das T-Shirt war alt und verwaschen, die orange Katze mehr eine Erinnerung als ein Aufdruck, außerdem war es ihm mittlerweile viel zu weit – Moritz sah furchtbar dünn aus.

„Morgen", sagte ich und schlug drei Eier in eine lädierte Pfanne, toastete Brotscheiben, goss Orangensaft ein.

„Morgen. Bekomme ich etwa nichts?"

„Doch", sagte ich. „Klar."

Ich war so verblüfft, dass ich ihm den Teller mit den Spiegeleiern reichte und selbst vergaß, etwas zu essen – normalerweise wurde er schon von einem halben Croissant müde.

„Was machst du heute?“, fragte ich, als ich mich wieder gefangen hatte und sah ihm beim Essen zu, als sei das ein übernatürliches Ereignis, etwas, wofür die Wissenschaft keine Erklärung bereithielt. Er schnitt das gebratene Ei in kleine Streifen, faltete sie mit der Gabel und nahm den flüssigen Dotter mit Brot auf, methodisch und langsam, als würde er einer Anleitung folgen.

„Heute gehe ich in den Zoo“, sagte er.

„Warum das?“

„Na, weil ich noch nie dort war. Das kann doch nicht sein, dass man in Berlin wohnt und noch nie im Zoo gewesen ist. Warst du schon mal?“

„Nein.“

„Dann komm doch mit.“

Ich war überrascht, wie gut der Zoo aussah. Die Bäume waren hoch und dicht, an den Wegen blühten Blumen in intensivem Rot und Gelb, die wie frisch gewaschen aussahen. Männer in grünen Overalls sammelten Zweige ein, kehrten Blätter zusammen. Hier und da drehte sich ein Wassersprenger. Wir schlenderten herum, ohne Ziel, und kamen an einem Springbrunnen mit zwei steinernen Seehunden vorbei, um die helle Fontänen aufstiegen. Überall waren Kinder: Kinder in Wagen, Kinder an den Händen ihrer Eltern und Großmütter, lachende, herumtollende und auch eine paar verlegene Kinder, die von den Tieren eingeschüchtert waren. Sie drückten ihre winzigen Nasen gegen die Glasscheiben im

Vogelhaus, lachten über Affen und Erdmännchen, bestaunten Elefanten und streng riechende Tiger. Zwei Sechsjährige bewarfen die Marabus mit Gras und lutschten knallbuntes Eis, dessen künstliche Süße man im Vorbeigehen riechen konnte. Ich sah zu, wie ein Braunbär langsam eine Möhre aß und indonesische Waldferkel aus dem Wassergraben tranken, der ihr Gehege umgab. Es gab auch Giraffen und Leoparden, und ich dachte an meinen Vater und wie er mich einmal auf die Schultern genommen hatte, damit ich im Kölner Zoo die Geparden besser sehen konnte. Aber vielleicht war das gar keine Erinnerung, sondern der Gedanke an ein Foto oder an eine Erzählung, die wiederum aus einem Foto geboren wurde, eine Erinnerung zweiten oder dritten Grades. Ich hätte trotzdem gern Geparden gesehen, aber ausgerechnet die gab es hier nicht, nur lethargische Löwen. Moritz las das Schild vor, das an ihrem Gehege angebracht war.

„*Der Löwe döst oder schläft zwanzig Stunden am Tag. Ist das Weibchen zur Paarung bereit, findet diese täglich etwa vierzigmal statt. Zwar jagen die weiblichen Löwen, doch das Männchen frisst stets als erstes.*“

Moritz zwinkerte mir zu.

„Mein Lieblingstier.“

„Wie kann er sich vierzigmal paaren, wenn er nur vier Stunden wach ist?“

„Geh rein und frag ihn.“

Die Mähne des Löwen war ziemlich ramponiert. Die Haare waren dem Tier büschelweise ausgefallen, und doch sah es viel eindrucksvoller aus als im Fernsehen, sogar wenn es schlief. Moritz schnalzte mit der Zunge, machte ein paar obszöne Bemerkungen, doch der Löwe ignorierte ihn. Ich hatte Moritz lange nicht mehr so entspannt gesehen; so friedfertig war er sonst nur, wenn er Fieber hatte. Er kaufte uns Fanta und Calippo mit Colageschmack, man musste es eine Weile in der Hand behalten, damit es nicht an der Zunge festfror. Eine kräftige Löwin bewegte sich aufreizend langsam, sie kaute an einem Fleischbrocken so groß wie ein Schuhkarton.

„Meinst du, sie wissen, dass sie eingesperrt sind?", fragte ich.

Moritz wandte sich zu mir um. Er trug eine Sonnenbrille und das Garfield-Shirt und war der blasseste Mensch im ganzen Zoo.

„Die sehen bloß den Käfig", sagte er. „Und dass sie gefüttert werden. Der Zusammenhang ist ihnen nicht klar. Aber das ist beim Menschen ja auch nicht anders."

Vor dem Aquarium wurde Moritz plötzlich müde; den Tank mit den Quallen hatte er eigentlich noch sehen wollen, der sei „einzigartig in der Welt." Stattdessen rief er uns ein Taxi und legte sich zu Hause ins Bett. Das tat er an den meisten Nachmittagen; normalerweise stand er erst gegen 22 Uhr wieder auf. Ich ging in den Supermarkt und trug zwei Tüten voller Lebensmittel nach Hause, in der Hoffnung, dass sein Appetit anhielt. Ansonsten war alles wie immer, und wenn ich so darüber nachdenke, war nur eine Sache an diesem Abend ungewöhnlich: niemand rief an. Moritz hatte zwei Telefone, eins für Freunde und eines für Kunden, wobei die Nummer des letzten sich häufig änderte. Normalerweise klingelte es mindestens ein dutzendmal pro Abend, am Wochenende auch öfter. Heute war Freitag, und ich hatte die Titelmelodie der *Flintstones* noch kein einziges Mal gehört.

Als Moritz wach war, spielten wir eine Partie Backgammon, tranken Wodka-Cola und gingen in seine Lieblingsbar. Sie lag in der Nähe der Volksbühne und bis auf die Wände war alles darin schwarz: die ovale Theke, der Fußboden, die Lampen, sogar das Kunststoffbrett, auf dem die Zitronen geschnitten wurden. Die großen Fenster bildeten eine Kurve, sodass man permanent das Gefühl hatte, gleichzeitig draußen und drinnen zu sein; das orange Licht der Straßenlaternen warf die Schatten der sich wiegenden Bäume an die weißgetünchten Wände.

Wir tranken schnell und viel. Ab und zu kam jemand herein, den wir kannten, und wir unterhielten uns über irgendwelche Konzerte oder Ausstellungen, die ich längst wieder vergessen habe. Ich habe vieles von dem vergessen, was an dem Abend geschah, auch die Namen der Leute, die dort mit uns standen, weil sie nicht wichtig waren: nicht so wichtig, wie das, was dann folgte.

Irgendwann musste ich zur Toilette. Als ich zurückkam, blieb ich kurz stehen und sah Moritz über die Flaschen hinweg an. Er trug die enge Lederjacke, die er vor langer Zeit während einer Klassenfahrt in London gekauft hatte. Das Leder war abgerieben und grau und die Aufnäher zogen Fäden, aber sie sah immer noch gut aus. Moritz entdeckte mich und schien mir winken zu wollen, ließ den Arm aber auf halbem Weg sinken und erwiderte stattdessen meinen Blick, wobei er sich leicht auf die Unterlippe biss und gleichzeitig lächelte. Ich wusste nicht, warum er so lächelte, so traurig und verloren, aber vier Drinks später umarmte er mich plötzlich, fuhr mir durch die Haare und kniff mir in den Nacken.

„Lass uns noch weiterziehen."

Ich schüttelte benommen den Kopf.

„Ich bin zu betrunken", antwortete ich.

„Ach komm."

Moritz kippelte auf seinem Barhocker; man konnte nicht nah am Tresen sitzen, ohne mit den Knien gegen die Bar zu stoßen. Der Club, in den er wollte, lag in den Kellergewölben einer ehemaligen Brauerei. Man musste eine endlos steile Treppe hinuntergehen, an deren Ende eine vergammelte, ausgestopfte Katze auf einen wartete, die von einem roten Punktstrahler angeleuchtet wurde. Überall zweigten Türen ab, führten gemauerte Gänge ins Nichts. Ich fand den Laden unheimlich.

„Na komm schon", bettelte Moritz. „Wir schießen uns richtig ab, so wie früher."

„Mmmhhh", machte ich.

Mein leeres Glas wurde gegen ein volles ausgetauscht. Ich spielte mit meinem Feuerzeug und versuchte vergeblich, die Bleistiftzeichnungen zu fokussieren, die jemand mit schwarzem Gaffa Tape an einem Pfeiler festgeklebt hatte; die feinen Striche verschwammen vor meinen Augen. Die Lautsprecherkabel hingen lose von der Wand, wanden sich durch den Raum und endeten direkt hinter der Theke. Alles war irgendwie schludrig in dieser Bar, aber nicht ausgestellt schludrig, sondern so, als sei jedem bewusst, dass es wichtigere Dinge im Leben gibt als Kabel zu verstecken.

Auf dem Plattenspieler drehte sich das Album *Street Hassle* von Lou Reed, das Cover mit dem Lichtreflex auf Reeds Sonnenbrille. Ich weiß das noch, weil die Hülle genau vor mir lag. Moritz trommelte den Rhythmus auf seinem Bierdeckel mit, der Gesang leierte vor sich hin, immer derselbe Satz, ein wohltuendes Lamento: „*You know to me it all looks the same. Baby don't you know. Baby don't you know …*"

Ich wurde auf eine angenehme Art müde. Es war ein schöner Tag gewesen, vielleicht war es sogar ein neuer Anfang. Ich trank noch ein Kölsch vom Fass und fragte mich, was die Handvoll Leute aus der Schule wohl gerade machten, mit denen wir in der Pause geraucht hatten und manchmal gekifft, und warum Moritz eigentlich der einzige Mensch in meinen Leben war, mit dem ich eine Vergangenheit teilte.

Nach einem weiteren Bier hörte ich auf, mir Fragen zu stellen, die ich nicht beantworten konnte. Moritz kannte den Barmann, einen Maler aus Los Angeles, und deshalb gab es bald Mezcal-Shots umsonst. Ich hatte keine Lust in einen Club zu gehen; wie sollte dieser Abend denn noch besser werden?

„Ach, komm schon", sagte Moritz.

„Es ist doch kein besonderer Tag", wandte ich ein. „Nicht mal ein Feiertag."

„Findest du?"

Moritz schien länger über diesen Satz nachzudenken. Beim Trinken fixierte er einen Punkt draußen vor dem Fenster. Was genau im transparenten Orange der Straßenlampen seine Aufmerksamkeit auf sich zog, wusste ich nicht, es war auch egal, denn so konnte ich ihn ansehen, ohne dass er sich beobachtet fühlte. Den Bart, den er in den letzten Monaten getragen hatte, hatte er wenige Tage zuvor abrasiert, was ihn viel jünger aussehen ließ; in der schweren Lederjacke wirkte sein Körper wie der eines Teenagers. Ich dachte an seinen wiedererwachten Hunger, seine plötzliche Freude am Zoo und den Energieschub, den er seit heute Morgen hatte. Das war seltsam, aber ich freute mich einfach darüber, legte meinen Arm um seine Schultern und drückte ihn.

„Ich geh auch nicht lange", sagte Moritz. „Daniel wird da sein und ein paar andere auch. Du kannst ruhig schlafen gehen."

„Bist du sicher? Ich kann auch mitkommen."

„Ist schon okay, wenn du müde bist."

Wir verließen die Bar gegen drei Uhr nachts. Ich sehe Moritz noch immer ganz deutlich vor mir: in dieser leicht schiefen Haltung, die er annahm, wenn ihm etwas unangenehm war oder er darauf wartete, dass eine Entscheidung fiel. Seine Hände steckten in den Hosentaschen, die Beine waren zwei dünne Striche, die in flachen hellen Leinenschuhen endeten. Er stand so dicht vor mir, dass ich seinen Atem im Gesicht spürte, und dann küssten wir uns lachend auf den Mund, und was es auch immer war, das er mir sagen wollte, er behielt es für sich.

ZUERST WAR ICH NICHT BEUNRUHIGT, dass er morgens nicht nach Hause kam. Das kam vor. Als Moritz dann am Sonntag immer noch nicht da war, fing ich an ihn anzurufen. Ich hinterließ Nachrichten auf der Mailbox und am Montag lief ich die Straßen um unsere Wohnung ab, auf der Suche nach seinem BMW 2002. Vielleicht hat er den Wagen mitgenommen, dachte ich, und auf eine gewisse Weise beruhigte mich diese Vorstellung – vielleicht musste er einfach mal einige Zeit wegfahren, einer Straße bis zu ihrem Ende folgen, wie man sagt. Das musste jeder ab und zu, und dann war es gut, wenn man ein Auto hatte und nicht bloß ein Semesterticket für die BVG.

Ich wusste, dass er immer diese eine Tasche im Kofferraum liegen hatte, eine braune Ledertasche mit abgestoßenen Ecken, die er billig in Peru gekauft hatte. Darin waren Kleider zum Wechseln, eine Zahnbürste und eine Regenjacke, „falls ich mal schnell los muss". Ich hielt mich an diese Tasche, die nicht mehr da war, verschwunden mit dem Auto, weil Moritz die Lethargie der letzten Monate offenbar hinter sich gelassen hatte.

Vielleicht, dachte ich, steht sie gerade auf einem Pensionsbett auf Usedom, oder an einem See in Polen oder sogar in Portugal. Ich klammerte mich an diese Möglichkeit, solange man aus einer Tasche von dieser Größe leben konnte und dann noch einen Tag. Schließlich rief ich Daniel an, der nicht ans Telefon ging, und ein paar Freunde, die auch in dem Club gewesen waren, in den Moritz am Freitag wollte. Niemand, stellte sich heraus, war ihm an diesem Abend begegnet; die meisten hatten schon seit Wochen nicht mehr mit ihm gesprochen.

Vielleicht hatte er sein Telefon verloren, dachte ich, wie jeder ab und an sein Telefon verliert, vielleicht hatte er jemanden kennengelernt, das passiert ja ab und zu, gerade im Sommer. Ich blieb zu Hause, räumte auf und sah fern, zum ersten Mal seit Jahren, vor allem Kinderserien, Tierfilme und Dokumentationen. Zwischendurch rief ich weiter Moritz an. Ich hinterließ stets dieselbe Nachricht – „Alles okay? Ruf doch mal an“ –, aber irgendwann hörte ich damit auf. Es fühlte sich gespenstisch an, meine eigene Stimme zu hören, Worte, die im Nichts verhallten und doch irgendwo aufgezeichnet wurden, womöglich für immer.

Nach einer Woche fing ich an die Wohnung zu putzen. Das mache ich oft, wenn ich nervös bin, aufräumen und saubermachen und dabei rauchen. Ich fing mit dem Flur an, weil es dort am schmutzigsten war, und als ich unsere Schuhe ins Wohnzimmer trug, um die Dielen zu wischen, fiel aus einem der Schuhe Moritz’ billiges Nokia heraus.

Kurz darauf fand ich auch das zweite, in einem grauen Converse-Sneaker ohne Schnürsenkel. Die Karten steckten noch drin.

Ich fragte mich lange, warum er sie nicht mitgenommen hatte. Aber dann war ich auch erleichtert, weil alles andere ja auch noch da war – alles was er besaß, befand sich in seinem Zimmer und in den Kisten der Spedition, die nie ausgepackt worden waren und in denen sich Regenmäntel, Schlittschuhe, Jacketts und Tischtennisschläger stapelten. In den guten Momenten sagte ich mir, dass er das doch nicht alles einfach zurücklassen würde, doch in den weniger guten Momenten hatte ich den Verdacht, dass er vielleicht schon viel früher fortgegangen war und sein Körper ihm jetzt nur gefolgt ist wie ein anhänglicher Hund oder Freund.

Es war unser Traum gewesen, hier zu wohnen. Doch vor einiger Zeit, vor ein paar Wochen, hatte Moritz zu mir gesagt, dass wir ja schließlich nach Berlin gekommen seien, um nicht in Deutschland leben zu müssen. Und nun müsse er zusehen, wie dieses Deutschland langsam aber sicher in die Stadt hineinkrieche, wie Schimmel in eine feuchte Wohnung. Ob ich es nicht auch längst gerochen hätte?

„Nein", hatte ich gesagt, „was denn?"

„Diesen Gestank nach Start-Ups. Den Mundgeruch, der von zu viel Latte und dem vielen Bewerbungen schreiben kommt, diese tote Lebendigkeit, mit der alle dokumentieren müssen, dass sie einsatzbereit sind. Einsatzbereit für was?

Unser einziges Kapital ist doch, dass es in diesem Land für uns nichts mehr zu gewinnen gibt. Die brauchen uns nicht, und wir brauchen sie nicht. Wir sind frei, verstehst du, frei."

IRGENDWANN HALTE ICH ES NICHT länger aus. Ich muss mit jemandem reden. Die Nummer seiner Eltern kann ich immer noch auswendig, obwohl ich sie schon lange nicht mehr gewählt habe. In Moritz' Elternhaus gibt es drei Telefone: eins auf dem runden Tisch in der Diele, auf dem immer Blumen stehen, eins im Arbeitszimmer im ersten Stock und ein altes, an der Wand befestigtes, im Kellerschwimmbad, an dessen Rand seine Mutter manchmal auf dem Heimtrainer sitzt und Geo liest.

Das Schwimmbad wurde eingebaut, als wir beide noch ganz klein waren; mit dreizehn haben wir beim Schwimmen mal heimlich Fernet Branca mit Cola getrunken. Davon wurde mir so schlecht, dass ich mich ins Becken übergeben habe, was mir heute noch peinlich ist. Es gibt auch eine nie benutzte Sauna in diesem Keller, in der sich Brettspiele und Legokisten stapeln, Lustige Taschenbücher, Inline-Skates und zwei zerknautschte Lenkdrachen in Neonfarben; einer davon gehört mir.

Ich rauche und beobachte meine linke Hand, mit der ich die Zigarette halte. Sie zittert nicht. Mein Telefon gibt ein Freizeichen von sich, aber was ich in Gedanken höre, ist das sanfte amerikanische Flirren des Wandtelefons im Keller von Moritz' Haus, das von den gefliesten Wänden widerhallt und dabei denke ich, dass Moritz so ziemlich der einzige von meinen Freunden ist, dessen Eltern noch verheiratet sind.

Es klingelt und klingelt. Sie gehen nicht ran, denke ich und bin kurz erleichtert, aber dann hebt seine Mutter doch noch ab; eine tiefe, vom Rauchen heiser gewordene Stimme.

„Hallo Sabine."

„Wie geht's dir? Junge, ich bin so froh, dass du anrufst. Geht's euch gut?"

Sie ist nicht im Schwimmbad, sondern in der Diele, unter der Treppe, die zu einer Art Veranda im ersten Stock führt. Moritz' Zimmer ist das dritte links. Vom Fenster aus sieht man in den Garten, auf einen Stapel Feuerholz, einen von vielen in diesem Garten, die sein Vater sehr sorgfältig aufschichtet, Scheit für Scheit; dahinter beginnt ein Waldstück. Ich bin jetzt kurz dort, hänge meine Regenjacke in die Garderobe und ziehe die Schuhe auf dem schwarzweißen Fliesenboden der Garderobe aus. Der Duft von Wachsjacken, Schnittblumen und Holzpolitur steigt mir in die Nase, der spezifische warme Geruch eines Zuhauses. Snowball, die schwarze Katze, kommt angelaufen und streicht mir um die Beine.

„Ja", sage ich, „alles prima."

„Bei uns auch. Der Moritz meldet sich ja nie. Wir wollten euch ganz bald mal besuchen kommen. Joachim hat schon ein Hotel gefunden, gleich in Mitte, wo ihr wohnt, am … Joachim? Joachim, kommst du mal? Ein Anruf aus Berlin."

Ich vergrabe meine Fingernägel in der Tischplatte. Kein einziger Becher steht in der Spüle, sogar die Abtrockner habe ich gewaschen, sie liegen gefaltet und gestapelt auf der Fensterbank. Die Wohnung sieht aus, als wollte ich sie inserieren.

„Ihr solltet mal Urlaub machen. Ich schicke euch was."

„Das sollst du doch nicht. Sabine. Echt nicht."

„Aber ihr braucht doch auch mal Ferien."

„Wir sind öfter am See, mit dem Auto. Das ist fast wie Ferien."

„Gibst du mir den Moritz mal? Der meldet sich ja nie bei mir, und ans Telefon geht er auch nicht. Wozu hat er dann eins?"

„Moritz ist gerade nicht da", sage ich und versuche beiläufig zu klingen. „Ich wollte mich einfach nur mal melden."

Meine Zigarette ist aus. Ich zerquetsche sie im Aschenbecher, der aus dem Deckel eines Gurkenglases besteht. Er ist voll, man kann ihn gar nicht mehr bewegen, weil dann die ganze Asche rausfällt.

„Das freut mich so, wirklich. Machst du jetzt nicht auch bald deinen Abschluss?"

„Noch nicht dieses Jahr", lüge ich. „Aber nächstes."

„Und hast du dann schon Pläne?"

„Nicht so richtig."

„Und Moritz?"

„Der will, glaube ich, erst mal verreisen."

„Na, aber erst mal studiert er fertig. Du, wir reden so selten. Ihm geht's wirklich gut, ja? Manchmal habe ich das Gefühl, dass Berlin ihm gar nicht gut bekommt."

„Doch", sage ich und bemerke eine Veränderung in ihrer Stimme, eine andere, weniger feste Tonlage. Vielleicht sollte ich auflegen; wenn Moritz' Vater noch ans Telefon kommt, wird er mich sofort ausfragen, nach unseren Seminaren und Noten und nicht existenten Praktika, und dazu habe ich im Moment keine Kraft.

„Wann habt ihr denn zuletzt gesprochen?", frage ich.

„Ach, das ist mindestens schon drei Wochen her."

„Okay. Ich sag ihm, dass er sich melden soll, sobald ich ihn sehe. Versprochen."

„Ich bin so froh, dass ihr zusammenwohnt, weißt du."

„Ja", sage ich. „Ich auch."

Dann lege ich auf.

DAS DVD-MENÜ von *Zabriskie Point* erscheint auf meinem Fernseher. Ich drücke auf Start, konzentriere mich auf die Bilder, ohne ein einziges Mal aufzustehen, obwohl es noch immer warm ist und ich ziemlichen Hunger habe.

Irgendwas ist mit diesem Film, was mir beim letzten Mal nicht aufgefallen ist, sonst hätte Moritz sich ihn wohl kaum so oft angesehen. Und weil diese DVD gerade die einzige Verbindung ist, die ich zu ihm habe, sehe ich mir den Film ein weiteres Mal an, ausgestreckt auf dem Boden und den Kopf gegen die Couch gelehnt.

Ich sehe, wie Daria Halprin mit dem Auto eines Freundes in die Wüste fährt, während die Polizei den von Studenten besetzten Campus stürmt. Sie haben Barrikaden aus umgekippten Stühlen errichtet, was ziemlich lächerlich wirkt, und während die Polizisten sie vor sich hertreiben und mit langen schwarzen Stöcken auf sie einschlagen, versuchen die Demonstranten, ihre Köpfe mit den Händen und Mappen zu schützen.

Die Studenten wehren sich kaum. Sie sind zu überrascht von dem, was geschieht, und an dieser Überraschung merkt man, dass die Szene nicht gestellt ist. Antonioni hat die Aufnahmen von echten Studentenprotesten in den Film hineingeschnitten, meinte Moritz zu mir, als wir im Filmmuseum waren, daran erinnere ich mich jetzt. Der Hauptdarsteller ist in diese Proteste irgendwie verwickelt und nachdem er einen Polizisten erschossen hat, flüchtet er aus der Stadt, indem er ein kleines Flugzeug stiehlt. Er heißt Mark, so wie der Schauspieler, und man weiß nicht, warum er das überhaupt kann, ein Flugzeug fliegen, meine ich. Es wird nicht erklärt. Er kann es halt einfach, und so begegnet er dann auch Daria: indem er über sie hinwegfliegt.

Ich finde, das ist auch nicht gerade sehr wahrscheinlich, aber ich muss zugeben, dass Daria Halprin richtig gut aussieht, mit ihren langen braunen Haaren, der perfekten Haut und diesem wunderschönen Lächeln, das nichts Künstliches an sich hat und auch nichts Naives. Sie trägt ein ärmelloses Kleid und türkisen Schmuck, der vage indianisch aussieht, und alles, was sie tut oder sagt, wirkt selbstverständlich und leicht, so als hätte sie noch nie im Leben Angst haben müssen.

Mark landet das Flugzeug neben ihrem Wagen. Gemeinsam fahren sie mit dem Auto zum Zabriskie Point, das ist ein Aussichtspunkt mitten im Death Valley. Die Landschaft sieht wie ein versteinertes Meer aus, wie ein fremder Planet oder eine unvorstellbar weit entfernte Vergangenheit. Daria liest vor, was beim Aussichtspunkt auf einem Schild geschrieben steht, nämlich dass das Tal früher ein Seengebiet war und die Formationen aus Bewegungen der Erdkruste entstanden seien und dann vom Wind abgetragen wurden über Millionen von Jahren.

Millionen von Jahre. Das kann sich ja niemand vorstellen. Das ist wie über das Universum nachzudenken oder zu lange in den Himmel zu starren – irgendwie bodenlos und angstmachend und schön. Erhaben, wie Moritz sagen würde. Daria scheint das auch alles sehr zu gefallen, diese Wüste, meine ich, und dann sagt sie, wie gut es wäre, wenn man Erinnerungen in sein Gehirn setzen könnte wie Pflanzen und dass „wie auch immer" ein Wort sein müsse, damit man Flüsse und Orte danach benennen könne; der Wie-auch-immer-Fluss in der Wie-auch-immer-Stadt.

Es ist ziemlich wirres Zeug, aber sie sagt es ganz selbstverständlich, als sei es gar nichts Besonderes, und vielleicht ist es ja wirklich keine so schlechte Idee, das mit dem Einpflanzen, meine ich. Ihre Vorstellungen entwickeln sich nach allen Richtungen gleichzeitig, ohne an Kraft zu verlieren, und auf einmal finde ich sie so attraktiv wie überhaupt noch kein Mädchen in einem Film oder in der Wirklichkeit.

Und da bin ich nicht der einzige. Mark hat plötzlich kein Hemd mehr an. Er lässt den feinen braunen Staub durch seine Finger auf Darias Beine rieseln. Daria lacht und küsst ihn und dann haben die beiden Sex miteinander, was ich normalerweise nicht gern ansehe in Filmen. Hier ist es anders, ich weiß auch nicht; es sieht viel natürlicher aus, wie ein Spiel. Sie wälzen sich im Staub, der etwas heller ist als ihre Haut, und dann sind da plötzlich noch andere Paare um sie herum, die ebenfalls miteinander schlafen. Man kann sie kaum auseinanderhalten, weil der Staub alle gleich aussehen lässt und die meisten haben lange Haare, sodass man schwer sagen kann, wer von ihnen Mann ist und wer Frau.

Überall in dem Wüstental erscheinen jetzt Menschen, die sich mit Staub bewerfen, Grimassen schneiden, sich anfassen und küssen und ficken. Als die Leute verschwunden sind, sieht man noch ihre Spuren im Sand, sieht die Kuhlen und Furchen, in denen sie gelegen haben, angedeutete Umrisse ihrer Körper. Daria und Mark sehen genauso aus wie vorhin, bevor sie in das Tal hinabgestiegen sind. Sie haben keinen Staub in den Haaren, und ihre Kleider sind sauber. Das ist nicht möglich, denke ich, aber warum sollte in einem Film irgendetwas nicht möglich sein? Dafür gibt es sie doch.

Vielleicht meinte Moritz ja genau das damit, als er sagte, dass *Zabriskie Point* und alle anderen Filme Antonionis nicht aus Informationen zusammengesetzt seien, sondern selbst die Information. Ich habe das damals nicht ganz verstanden, aber jetzt vielleicht schon, und obwohl ich bloß vor dem Fernseher sitze, beginnt meine Kopfhaut zu kribbeln, wenn ich ans Ende denke, an das explodierende Haus und wie schön das ist, wenn die Dinge auseinanderfliegen. In meinem Mund ist ein metallischer Geschmack. Auf der Straße sind keine Autos mehr zu hören, nur vereinzelte Stimmen, die sich leise unterhalten, während die Menschen unter dem Fenster vorbeigehen.

Ich setze mich aufrecht hin und sehe zu, wie Mark und Daria das Flugzeug auftanken und auf dem Parkplatz eines Einsiedlers anmalen. Mark fliegt es zurück, den ganzen Weg über die Wüste bis nach Los Angeles, zum gleichen Flughafen, auf dem er die Maschine gestohlen hat. Als er landet, erschießt ihn die Polizei. Daria hört es im Radio. Sie weint nicht und rauft sich nicht die Haare und bekommt keinen Nervenzusammenbruch. Sie steht einfach bloß da. Ihre Haare bewegen sich im Wind, während sie zu Boden sieht und leicht hin und her schwankt, als sei sie ein Teil der Landschaft. Sie sieht zum Haus herüber, und dann, wenig später, explodiert es. Immer wieder, in immer feineren Details, hinein in ein transparentes Blau.

Ich mache den Fernseher aus und gehe zum Fenster. Die Nacht ist schwarz und still, aber lange nicht so still wie die Wohnung. Ich zerre die Gästematratze aus dem Wandschrank, lege sie auf den Balkon und hole eine Decke aus meinem Zimmer. Die Geräusche der Straße, die Stimmen aus den Wohnungen und die über mir hinziehenden Flugzeuge beruhigen mich. Das ist so, als würde ich mit der ganzen Stadt in einem Bett schlafen, und als ich am nächsten Morgen aufwache, geht es mir besser.

Ich blinzele in die Sonne, die sich in den Fensterscheiben der Häuser gegenüber spiegelt. Der frische Wind schüttelt die Blätter aus, ein paar kleben auf den Autos wie braune, fransige Sticker. Über dem Tiergarten kreist ein Hubschrauber, wahrscheinlich über einer Demonstration, und mir wird bewusst, dass ich schon seit einem Monat keine Nachrichten mehr geschaut habe. Ich strecke mich und gähne. Überall in meinem Körper zieht es, so als würde ich noch wachsen, aber von innen. Es schmerzt auch ein wenig, wie bei Kindern, deren Knochen wachsen, und in meiner Brust ist ein seltsames Gefühl, das ich nicht richtig einordnen kann.

Ich fühle mich immer noch schwach, aber auf eine angenehmere Art als vorher, wie bei abklingendem Fieber oder nachlassenden Schmerzen. Zuerst weiß ich nicht, was das ist, woher es kommt und ob es wohl anhalten wird, aber dann wird mir klar, warum ich auf einmal auch erleichtert bin, dass Moritz weggegangen ist: weil er mich mitgenommen hat.

2

ICH GEHE IM HUMBOLDTHAIN SPAZIEREN. Es ist Nachmittag; das Sonnenlicht fällt schräg zwischen den Blättern hindurch, reflektiert von winzigen Staubpartikeln, die golden aufleuchten wie Plankton in einem Meer aus milder Luft. Alle Bäume sind noch grün, nur die Kastanien an den Rändern des Parks haben sich hier und da schon braun verfärbt. Noch hängen ihre Früchte grün an den Zweigen, aber bald werden die ersten herunterfallen, mit Dornen spitz wie Nadeln. Glatte, dunkle Kastanien werden über die unbefestigten Wege rollen, glänzend und sauber, bevor der Regen sie schrumpelig und matt werden lässt und die Autos sie zu Brei zermalmen, aber noch nicht jetzt.

Für kurze Zeit wird es in der Stadt heller werden, weil mehr Licht durch die Baumkronen dringt; die Kronen auf beiden Seiten der Straßen werden einen löchrigen Baldachin bilden, unter dem sich gelbes und karamellfarbenes Laub sammelt, und aus drei oder vier Blocks Entfernung wird es aussehen, als sei die Straße ein Tunnel durch einen üppigen Wald, der nach und nach dünner wird, bevor er am Ende des Herbstes ganz verschwindet, aber noch nicht jetzt.

Man kann sich den Winter nicht vorstellen, wenn Sommer ist, so wie man sich ein Leben ohne jemanden nicht vorstellen kann, solange er da ist. Ich setze mich ins Gras, das satter und grüner ist als im Weinbergspark. Menschen sitzen ohne Schuhe darauf und lesen oder dösen in der Sonne, spielen mit ihren Hunden. Zwei kleine türkische Jungen werfen sich Bälle zu. Der jüngere verliert den blauen, mit silbernen Sternen bedruckten Ball und fängt mit einer heiseren Stimme an zu schreien, weil er schon den ganzen Sommer im Freibad herumgeschrien hat, und der Vater nimmt beide Kinder ruhig an die Hand und sagt, dass sie heute Abend ihre Großeltern besuchen werden und sich vorher noch waschen und umziehen müssen.

Heute Abend, denke ich und wundere mich, wie gut diese beiden Wörter klingen. Es ist beinahe egal was man tagsüber macht, solange man nur abends etwas vorhat, das langsam aber sicher näher rückt. Der Tag bekommt eine Perspektive, und anstatt nach allen Seiten auszufasern, wird er zählbar, wie die Striche auf einem Zollstock. Die Stunden sind dann wie ein Weg und am Ende dieses Weges wartet ein Ziel, verheißungsvoll und doch vertraut. Jeder Tag sollte ein Ziel haben.

Ein Terrier rennt vorbei, eine Plastikflasche im Maul. Ich schirme das Display meines Telefons mit der Hand ab und schreibe Dean eine SMS. Dean kennt jede Menge Leute, obwohl er noch nicht sehr lange in Berlin ist, und ich sollte dringend ein paar von ihnen kennenlernen. Aber er hat an diesem Abend keine Zeit, weil ihm ein Freund die Haare schneidet und sie danach zusammen Gras rauchen und *Southpark* schauen, aber morgen mache er ein Essen, sagt er. Ob ich da nicht auch kommen wolle?

„Ja“, antworte ich, „gern“, und als er auflegt und ich zurück ins Gras sinke, fühle ich mich gut. Morgen Abend, murmele ich. Dann schlafe ich ein.

DEANS FABRIK SIEHT IN WIRKLICHKEIT noch verwahrloster aus als auf den Bildern, die er mir davon gezeigt hat: ein kolossaler Backsteinbau in Friedrichshain, dessen Fenster vernagelt sind, die unteren Stockwerke über und über mit Graffiti bedeckt, das Treppenhaus steil, gekachelt und muffig, die Betonstufen bröselig wie Zuckerwürfel.

Ich halte mich am Geländer fest, das aus rohen Holzlatten besteht und steige vorsichtig tastend nach oben. Zwei Etagen sind mit Ketten abgesperrt, hinter denen dunkle Korridore liegen. Im dritten Stock sehe ich eine Allee aus Teelichtern, die im Windzug flackern (alle Scheiben sind zerbrochen) und kurz frage ich mich, wie man hier wieder herausfinden soll, wenn sie erst mal heruntergebrannt sind, aber ich bin schließlich nicht allein hier.

Das wird schon werden, sage ich mir und mache bald die Umrisse einer Doppeltür aus, auf der ein Zettel mit Deans Namen klebt. Es sind noch ein Dutzend andere Gäste erschienen, sie verlieren sich in der Weite der Halle hinter der Tür, sitzen auf zwei kaputten Ledersofas, spähen durch die großen Fenster nach draußen, auf den gepflasterten Hof oder auf den Fernsehturm auf der anderen Seite des Saals. Ein großer, alter Teppich voller Farbspritzer liegt zwischen den Sofas aus, in den Ecken stehen Farbtöpfe und Rollen aus Luftpolsterfolie. Dean umarmt mich, als er die Tür öffnet. Ich drücke ihm die Flasche Rotwein in die Hand, die ich mitgebracht habe, er stellt sie auf eine Tafel voller Essen, eingepackt in Alufolie und Plastikdosen. Es ist die letzte Party des Sommers, erklärt er; im Herbst und im Winter wird das Atelier unbenutzbar, da man es nicht heizen kann.

Ich schaue mich um. In die hohe Decke wurden behelfsmäßig Löcher gestemmt, damit der Rauch abziehen kann. Dean erzählt wieder einmal von den Hausbesetzern der neunziger Jahre, die dafür verantwortlich sind, aber ein großes schwarzes Mädchen mit einem Scooby-Doo-Tattoo auf dem Unterarm unterbricht ihn. Sie spricht Englisch mit einem amerikanischen Akzent und stellt sich als Gala vor.

„Wie der Apfel“, erklärt sie. „Wo ist denn dein Essen?“

„Mein Essen?“

„Hast du nichts mitgebracht? Es ist ein Pot-Luck-Dinner.“

Gala lächelt. Sie hat eine schmale Lücke zwischen ihren blendend weißen Schneidezähnen.

„Ein was?“

Dean grinst.

„Keine Sorge, Alter. Es ist genug da.“

Dean nimmt meinen Ellenbogen.

„Sag mal, kannst du mir vielleicht MDMA besorgen?"

„Jetzt sofort?"

„Nee, aber irgendwann heute."

„Schätze schon."

„Ah, du bist ein Schatz", sagt Dean und stellt mich einem Musiker namens Jamie vor, der gerade eine Single herausgebracht hat, in der es um UFOs und Hexenverbrennungen geht, und ein paar anderen Leuten, die gerade erst angekommen sind in der Stadt und noch nicht so recht wissen, was sie hier machen wollen und die deshalb jeden Abend ausgehen, bis sich dabei vielleicht etwas ergibt, wie ein Job in einer Galerie oder einer Bar, für den man kein Deutsch können muss.

„Und davon gibt's 'ne Menge", sagt Jamie.

„Ich bin seit zwei Jahren immer wieder hier und hab's nie gebraucht", sagt Dean. „Nur wenn Handwerker kommen."

„Oder was von der Steuer."

„Ich zahl keine Steuern."

„Ich auch nicht."

„High-Five."

Ich bin froh, dass die beiden kein Deutsch können und ich die ganze Zeit Englisch sprechen kann. Das ist, wie in einem anderen Land zu sein, und auch wenn ich manchmal denke, dass ich vielleicht einfach weggehen und die Wohnung aufgeben sollte, reicht es wahrscheinlich, mehr Zeit mit Leuten wie Dean zu verbringen.

Wir setzen uns an die Tafel, die aus drei längs aneinandergestellten Biertischen besteht und mit alten Bettlaken bedeckt ist. Auf dem Tisch stehen Pizzaschachteln, Tabbuleh und Linsensalat, gegrillte Hühnchenspieße vom Vietnamesen, Saucen in kleinen Plastikbehältern, Hummus, Kartoffelchips und Brownies.

Gala und Dean reden über Thanksgiving und dass man sich, wenn man in Europa ist, nie so einsam fühlt wie an diesem Abend, es sei denn, man würde in Berlin wohnen, dann sei es eigentlich wie immer, nur schöner, weil man nicht mit seiner Familie feiert, sondern mit Menschen, mit denen einen wirklich was verbindet.

„Ich glaube, ich werde für immer hierbleiben", sagt Gloria. „Also jeden Sommer."

Dean lacht und schlägt mit einem Löffel an sein Weinglas, stellt die Musik leiser.

„Freut mich, dass ihr's alle geschafft habt", sagt er und hebt sein Glas.

„Freut uns, dass wir hier sein dürfen", antwortet Jamie. Aus seinem Glas schwappt Rotwein, rinnt über seinen braungebrannten Unterarm und tropft auf die weiße Tischdecke.

„Auf den Herbst und den Winter. Auf die gefrorene Kotze an den Haltestellen der M10. Auf die bittere Kälte und das Leid der sechs dunklen Monate. Auf Berlin."

Alle lachen, machen dann aber ernste Gesichter. Einen kurzen Moment denkt jeder ans Ende des Sommers und das, was unausweichlich darauf folgt. Die, die den Winter schon kennen, erinnern sich an ihn wie Veteranen, die ein zufällig erwähnter Ortsname an die Front zurückversetzt, die eben Hergezogenen fürchten sich vor dem Unbekannten und fragen sich insgeheim, ob sie der Sache gewachsen sind.

„Gott, da hilft nur Besaufen", entfährt es einem blonden Mädchen. Sie hebt ihr Glas und stößt mit Dean an und dann mit allen anderen, die am Tisch sitzen, was eine ganze Weile dauert, und dann essen wir.

Nach dem Essen laufe ich herum und sehe mir die Gemälde an, die Deans bester Freund Pete gemalt hat und die alle ziemlich groß sind. Dean erzählt mir, dass der Mann, dem das Gebäude gehört, vielleicht eins kaufen wird. Ich frage ihn, was es kosten soll und er nennt eine ziemlich hohe Zahl, und dann sagt er, dass man immer noch runtergehen könne, aber wenn man zu niedrig einsteige, komme man zu nichts.

Ich nicke und betrachte den Schwarzen auf dem Bild vor uns, der ein Maschinengewehr in der Hand hält, mich anzustarren scheint.

„Schätze, da hast du Recht. Wo ist Pete überhaupt?"

„In München, wegen so einem Mädchen. Der Sack hat mein ganzes MDMA mitgenommen. Sag mal, willst du vielleicht einen Kaffee?"

„Gern", sage ich, und während Dean eine Espressomaschine in Gang bringt und sich Wasser aus einer Plastikwanne schöpft, suche ich Musik auf seinem Macbook aus, das mit Boxen in den Ecken des Saals verbunden ist. Ich spiele erst

Yeasayer und dann eine 12-inch-Danceversion von *Don't You Want Me* von Human League, weil darauf fast kein Gesang zu hören ist und die Arrangements wirklich toll sind, und dann *Computerliebe* von Kraftwerk.

Dean macht noch mehr Kaffee. Ich frage ihn, warum er so viel Milch hineintut und es trotzdem gut schmeckt und Jamie erklärt mir, was neuseeländischen Kaffee von italienischem unterscheidet: man hält den oberen Teil des Milchschaums zurück, wenn man ihn auf den Espresso gießt. Dadurch wird der Kaffee weicher, obwohl er mit doppeltem Espresso gemacht wird, also eigentlich stärker ist.

„Die nennen das einen Flat White", sagt Jamie und nippt an seiner bis zum Rand gefüllten Tasse.

„Bist du auch aus Neuseeland?", frage ich ihn.

Jamie sieht gut aus mit seinen wirren blonden Locken, die von einem roten Band zusammengehalten werden; er nuschelt beim Sprechen und hat, obwohl er eher schmal ist, trainierte Oberarme.

„Nein, aus Kalifornien. Ich war mal zum Surfen in Neuseeland. Ein toller Ort, um LSD zu nehmen."

„Das glaub ich sofort."

Jamie fragt mich, ob ich auch andere Musik dabei habe, stöpselt seinen iPod in die Anlage und spielt dann immer wieder *Soul Kitchen* von den Doors und tanzt mit dem Mädchen, das eben am Tisch neben ihm gesessen hat.

Dieses Mädchen ist entweder wahnsinnig breit oder müde oder beides, denn ihre Augen sind halb geschlossen, und wenn sie spricht, dann langsam und überdeutlich. Wir stehen in der Mitte der Halle, bewegen uns zu der Musik, und nachdem *Soul Kitchen* zum vierten Mal gelaufen ist, kommt *Love Me Two Times,* ein weiterer Doors-Song, und das Mädchen stellt sich mir als Annika vor und bietet mir eine Zigarette an.

„Woher kennst du Dean?“, fragt sie. Ich zucke mit den Schultern, da ich es einerseits nicht mehr genau weiß und andererseits auch keine Lust habe, darüber nachzudenken. Ich möchte heute über nichts mehr allzu genau nachdenken und einfach so sein wie alle hier: ohne echte Probleme, ohne Vergangenheit.

„Warst du auch in der Villa letzte Woche?“, fragt Annika.

„Nein.“

„Dann hast du die Band nicht gesehen. Jamies Band.“

„Nein, leider nicht.“

„Ach so.“

Annika zuckt mit den Schultern und lächelt. Sie ist wirklich hübsch, und ich muss auch lächeln und sie sagt, dass ich ihr gefallen würde. Ich weiß nicht, was ich darauf antworten soll und trinke einen Schluck Wein.

„Magst du Mädchen?“

„Ja“, sage ich. „Klar doch.“

Annika will noch etwas sagen, doch in dem Moment umarmt Jamie sie von hinten und küsst sie auf den Mund. Als sie damit fertig sind, nickt er mir zu und wir unterhalten uns über die Doors und Joy Division und die Stone Roses, die hier außer uns kaum jemand kennt, die aber auch auf Deans Macbook drauf sind.

„Die Stone Roses sind geil, Mann. *Fool's Gold. What the world is waiting for.*“

„Ja, auf jeden Fall.“

Er legt die Hand auf meine Schulter.

„Was ist dein Sternzeichen? Nein, lass mich raten: Steinbock.“

Ich schüttele den Kopf.

„Okay, Moment. Ich kenn mich aus mit sowas, meine Mom hat's mir beigebracht.“

Jamie schließt die Augen, seine Hand noch immer auf meiner Schulter.

„Ich hab's: Du bist Schütze.“

„Ja“, sage ich, ehrlich erstaunt.

„Ich hab's gewusst, Alter. Hab ich's gewusst?

„Ja“, sagt Annika und lächelt. „Das sieht man gleich.“

„Und weißt du was?“, fragt er, ohne den Arm von meiner Schulter zu nehmen.„Ich bin auch Schütze.“

Er will noch etwas sagen, aber ein Mädchen, das auf dem Tisch getanzt hat, ist in die Stereoanlage gefallen. Während Dean versucht, die Musik wieder zum Laufen zu bringen, teilen wir uns einen Joint. Jamie fragt, was ich so mache, tagsüber, und ich muss lange und hartnäckig husten.

„Immer schön rein damit.“

„Es geht schon wieder. Was macht ihr denn heute noch so?“, bringe ich schließlich hervor.

„Also, erst mal wollten wir in die Astro Bar. Unser Bassist arbeitet dort, deshalb trinken wir umsonst. Und später vielleicht ins Berghain."

„Komm doch mit", sagt Annika.

Ich reiche ihr den Joint weiter.

„Ja", sage ich. „Warum nicht."

Jemand hat ein Tütchen mit Kristallen mitgebracht. Transparent und leicht klebrig liegen sie auf einem Dessertteller und werden von Dean zu grobem weißem Pulver zerhackt. Er glaubt, dass es MDMA ist, aber ich bin mir da nicht so sicher. Wir ziehen drei Lines zusammen, dann breche ich mit Jamie und Annika auf und Dean verspricht nachzukommen.

„Ich seh euch später im Berghain", sagt er. Dabei lächelt er vielsagend.

Auf dem Weg zur Astro Bar kommen Jamie, Annika und ich an der Rückseite der Fabrik vorbei, deren Fassade zum Teil abgebrochen ist. Das Gebäude ist eine Ruine: geflieste Wände in zehn Metern Höhe und daneben abgebrochene Ziegelsteine und offene Türen, die ins Nichts führen. Nach der dritten Kreuzung beginnen meine Beine in den Knien elastisch zu werden. Ich drehe mich um; die Fabrik ist längst außer Sichtweite. Ich bekomme ein warmes Gefühl auf der Kopfhaut, das mein Rückgrat hinunterläuft. Immer wieder stolpere ich auf dem groben Pflaster der Einfahrten, doch Jamie hält mich fest. Er summt die Melodie von *Soul Kitchen.* Wir überqueren eine Kreuzung, und als wir genau in der Mitte sind, geben meine Beine nach. Ich spüre ein Kribbeln im ganzen Körper, als hätte ich an eine Stromleitung gefasst. Die Scheinwerfer der Autos leuchten plötzlich doppelt so hell; eine Bahn aus Lichtern, die sich bis zum Fernsehturm hinzieht, eingerahmt von hohen Bogenlampen und einem Himmel, der von der Stadt erleuchtet wird. Ich bleibe stehen, weil ich das so interessant finde, aber die beiden ziehen mich weiter, weg von der Straße. Meine Hand schließt sich fest um Annikas, die viel kleiner ist als meine, aber ebenso warm.

„Alles okay mit dir?"

„Jaja", stammele ich. Mein Gesicht verformt sich zu einem Grinsen, so breit, dass es beinahe wehtut. Wir kommen in die Simon-Dach-Straße in Friedrichshain, das Moritz immer nur Horst-Wessel-Stadt nennt, weil dort nur Studenten und Nazis wohnen würden und ein paar selbsternannte Punks, die wie Trachtenvereine organisiert seien. Statt Lederhosen und Gamsbärten hätten sie eben Nietengürtel, und man wisse gar nicht, wer ekliger sei, die oder die Nazis.

Jamie und Annika haken mich unter, und dann sehe ich schon den geschwungenen Schriftzug „*Astro*" und die großen beschlagenen Fenster, hinter denen sich Menschen drängen. Es sieht aus wie ein Foto in einem Leuchtkasten.

„Wo ist Dean?“, frage ich.

„Dean will später ins Berghain. Schon vergessen?“

Jamie zündet sich eine Zigarette an, ohne mich dabei loszulassen. Er sieht durchs Fenster und presst die Nase gegen die Scheibe.

„Ist Anton da?“

„Nee. Der hat vielleicht schon Feierabend.“

Ich greife nach seiner Weinflasche und nehme einen kräftigen Schluck, der mich husten lässt.

„Eigentlich können wir auch gleich bei uns trinken“, sagt Jamie und wendet sich vom Fenster ab. „Unser Haus ist gleich da vorn.“

„Wie fühlt sich das an?“

Annika sitzt neben mir auf dem Sofa in der Küche, das mit einem weißen Bettlaken abgedeckt ist. Ich weiß nicht mehr, wie ich die Treppen hinaufgekommen bin oder warum Jamie nicht da ist. Gerade habe ich ihr von den Kristallen erzählt und wie sie sind: so stark, dass es mir fast ein wenig Angst macht.

„Als ob ich flüssig wäre. So fühlt sich's an.“

„Ob noch was an deinem Mund dran ist? Dann könnte ich vielleicht auch flüssig werden.“

„Könnte sein“, sage ich und sehe, wie sich die Poren auf meinem Arm aufrichten, als sie ihn berührt. Ich fasse in ihre Haare, die sehr weich sind, und an die Stelle, wo ihr Schlüsselbein hervortritt und die Brust in den Hals übergeht. Beides fühlt sich unheimlich zart und gut an. Ich weiß nicht, ob das am MDMA liegt oder was immer das war, aber ihr Mund schmeckt toll, nach Wein und Pot, und ich kann nicht aufhören ihn zu küssen, selbst als ich den Geschmack von Blut auf der Zunge spüre.

Annika gibt einen hellen Laut von sich. Aus den Augenwinkeln sehe ich Jamie hereinkommen, eine Weinflasche in der Hand, die er drohend über dem Kopf hält wie einen Knüppel. Sein Stirnband ist verrutscht, das Gesicht gerötet.

„Was glaubst du, was du da machst?", knurrt er.

Ich lasse Annika los. Alle Kraft entweicht aus meinem Körper. Ich versuche aufzustehen, aber meine Beine sind wie Butter, die in der Sonne schmilzt. Während ich über eine plausible Antwort nachdenke, steht Jamie bereits vor uns und sieht auf mich herunter. Sein Ledergürtel ist genau auf der Höhe meiner Augen, er zieht ihn mit einem Ruck aus dem Hosenbund, ein geflochtenes, abgegriffenes Ding.

„Was glaubst du, was du da machst?", wiederholt Jamie. Er setzt die Weinflasche an den Mund und trinkt. Ich kann die Schluckbewegung sehen, seinen Kehlkopf, der sich vor und zurück bewegt, den Ansatz seines Bartes, die beiden unterhalb des Schlüsselbeins tätowierten Worte „*The Fall*". Er lässt den Wein in sich hineinlaufen, und als er die Flasche endlich absetzt, beugt Jamie sich zu mir herunter und küsst mich voll auf die Lippen. Rotwein strömt aus seinem Mund in meinen, aber nicht schnell, wie man es beim Kiffen macht, sondern ganz langsam. Ich schlucke; der Wein ist scharf im Hals und auch kein besonders guter, aber Jamie ist hartnäckig. Er nimmt meinen Kopf in beide Hände, reibt seine Nase an meiner Wange und beißt in meine Unterlippe. Als er meinen Kopf wieder loslässt, rinnt mir Wein den Hals herunter. Ich sehe zu, wie Jamie ein Tütchen mit denselben Kristallen hervorzaubert, die Dean mir gegeben hat. Annika fährt mit dem Finger hinein und leckt ihn ab. Ich knöpfe ihr Hemd auf, und schließlich landen wir alle auf dem Boden, der sich hart und klebrig anfühlt.

Jamie öffnet meine Jeans und streift sie ab. Ich sehe die Küchenlampe wie einen Stern über dem Herd leuchten, die Reflexionen leerer Flaschen, einen braunen, muskulösen Arm, weiche Locken, verwaschene Armbändchen von Festivals, die Haut hell, wo die Sonne nicht hinkam. Annika sieht mich an, während Jamie seinerseits aus dem Tütchen nimmt. Ich kann nicht damit aufhören, Annikas Brüste zu streicheln. Ab und zu nimmt Jamie meine Hand und führt sie zu seinem Bauch, der flach und muskulös ist und dann runter zu seinem Schwanz. Die beiden beginnen zu ficken, scheinen völlig aufeinander fixiert, ihr Stöhnen ist das einzige Geräusch in der Wohnung. Jamie sieht mich ab und zu an, aber ich bin mir nicht sicher, ob er will, dass ich Annika ficke oder ihn, also mache ich erst mal nichts.

Ich friere. Aufstehen will ich nicht, das wäre komisch, aber hier zu liegen ist auch seltsam. Es wird hell vor dem Fenster, und plötzlich sehe ich mich selbst in diesem fahlen Licht, mit einer halben Erektion und Gänsehaut auf den Armen, weil ich vorhin so geschwitzt habe.

Jede Wärme verschwindet aus meinem Körper wie Wasser aus einem trocknenden Schwamm. Plötzlich fühle ich mich den beiden nicht mehr so nahe, eher wie ein Zuschauer, der nach der Vorstellung zu lange sitzengeblieben ist. Nachdem beide gekommen sind, rollt Jamie von Annika herunter und zündet eine Zigarette an, die er an mich weiterreicht. Annika zittert, auf ihrem Rücken zeichnen sich rote Striemen ab. „Ich geh schlafen", flüstert sie und verschwindet in einer Tür, die sie hinter sich schließt. Ich frage mich, warum wir nicht gleich ins Schlafzimmer gegangen sind und ob sie das vielleicht öfter machen, aber immer nur in der Küche. Keine Ahnung, warum ich sowas denke, ich bin einfach ziemlich fertig. Die Wirkung der Kristalle lässt nach, ich bin jetzt nur noch leicht betrunken. In der Spüle wasche ich den Wein und Annikas Lippenstift von meinem Hals. Jamie sieht mir beim Anziehen zu, während er geistesabwesend seine Brust streichelt. Als ich soweit bin, nimmt er mich im Flur kurz in den Arm, so wie man einen Mannschaftskollegen in den Arm nimmt: fest und verbindlich, aber kurz.

„Good to meet you", sagt er, während er sich eine Locke aus der Stirn wischt. Dann schließt er die Tür.

AUF DER TORSTRASSE LIEGT GELBES LAUB.

In der Mitte noch grün, wehen die Blätter über den Asphalt, sammeln sich an den Bordsteinkanten und in der Hecke vor einem Steakhaus. Es ist heiß. Niemand sitzt freiwillig in der Sonne, und ich bin froh über den Wind, der mein T-Shirt um den Körper flattern lässt wie eine Fahne – es ist mir mittlerweile viel zu weit.

Anna wartet in der Linienstraße auf mich, an einem Tisch für zwei. Sie steht auf, als sie mich kommen sieht, und nachdem wir uns umarmt haben, nimmt sie ihre Sonnenbrille ab und sieht mich lange an, so als müsse sie sich erst vergewissern, dass ich es wirklich bin.

„Alles in Ordnung?“, frage ich.

„Ja“, sagt sie. „Mir geht’s gut. Und dir?“

„Auch.“

„Das ist schön.“

Ein Kellner tritt an den Tisch. Ich bestelle eine Cola, Anna Wasser und Salat. Der Kellner empfiehlt mir die Kressesuppe.

Ich sage, dass ich keinen Hunger habe und keine Zitrone in meiner Cola haben möchte und keine Eiswürfel. Anna faltet die Hände. Sie sieht gut aus, irgendwie erholt, als ob sie in den Tagen, an denen wir uns nicht gesehen haben, im Urlaub gewesen wäre.

Ich schrecke auf. Der Kellner bringt die Getränke und legt weiße Stoffservietten auf den Tisch, die in der Mitte gefaltet sind. Während er Besteck von seinem Tablett nimmt, parkt ein Porsche Cayenne neben mir ein, vor einem Geschäft, das Möbel und Design aus Südafrika verkauft. Die Reifen des Geländewagens quietschen, als sie gegen den Bordstein reiben, und ich versuche mich zu erinnern, wie die Linienstraße an dieser Stelle früher ausgesehen hat, aber es gelingt mir nicht. Es gibt kein Früher, es gibt nur Jetzt.

„Hast du von Moritz gehört?“, fragt Anna.

Ich wische über den Tisch, der völlig sauber ist.

„Jedes Mal, wenn ich dachte, ich hätte eine Spur, war es keine“, sage ich. „Als ob er sich einfach aufgelöst hat. Und seine Eltern wissen auch nichts.“

„Meinst du, ihm ist was passiert?“

„Ich glaube nicht“, sage ich nach einer langen Pause. „Mittlerweile glaube ich, er ist einfach nur weg.“

„Ohne dir was zu sagen? Einfach so?“

„Als wir uns das letzte Mal gesehen haben, wollte er mir was sagen, aber dann … hat er es doch nicht gemacht. Als wäre das zu schwer für ihn. Oder für mich.“

Anna sieht mich verständnislos an.

„Kennst du das nicht?“, frage ich. „Dass du was sagen willst, etwas Wichtiges, und egal wie sehr du es dir vornimmst, du kriegst es einfach nicht hin?“

Ich sehe auf den Tisch, spiele mit meiner Serviette.

„Du denkst, das kann nicht so schwer sein, es sind nur ein paar Sätze, aber es ist schwer, wie eine Wand hochzuklettern oder ein Auto hochzuheben. Einfach unmöglich. Weißt du, was ich meine?“

Mein Mund ist trocken. Ich trinke die Cola in einem Zug aus. Anna blinzelt mich an; auf ihrer Nase erscheinen winzige, skeptische Falten.

„Und das glaubst du wirklich?“

„Was soll ich denn sonst glauben? Kannst du mir das vielleicht sagen?“

Anna trinkt einen Schluck Mineralwasser. Die Feuchtigkeit perlt von ihren Lippen ab, sie ist sorgfältig geschminkt, ihr Top ist neu und ihre Handtasche auch. Sie hat mir von einem neuen Job erzählt gestern am Telefon, aber ich habe nicht zugehört. Ich nehme mir vor, in Zukunft mehr zuzuhören und vielleicht auch mehr zu sagen, auch wenn mir das nicht gerade leicht fällt.

„Ich hab nie verstanden, was mit euch beiden los ist“, sagt Anna. „Echt nicht.“

„Was meinst du, was mit uns los ist?“

„Ihr seid nicht wie normale Freunde. Auch nicht wie Brüder. Irgendwie … seltsam. Sowas kann ja nicht gutgehen auf Dauer.“

Der Kellner kommt zurück und stellt den Salat, Öl und eine Essigkaraffe auf den Tisch. Die blassgrünen Blätter sind sternförmig angeordnet, Tomatenachtel liegen dazwischen und etwas Hühnchen mit Thymian und Rosmarinstengeln. Der Teller ist schlicht und hat steile Ränder. Anna misst das Öl mit dem Löffel ab und beginnt auf einer Olive herum zu kauen; den Salat rührt sie nicht an.

„Ich hab keine Ahnung, wovon du überhaupt redest", sage ich.

Anna legt den Olivenkern auf den Teller. Sie sieht mich direkt an.

„Ich hatte immer das Gefühl, dass ich in etwas eindringe, wenn ich bei dir war. Diese Wohnung … viel zu groß für zwei Studenten und fast ohne Möbel. Wie ein Schloss auf dem Land, das schon leergeräumt ist und bald versteigert wird, weil die Familie es sich nicht mehr leisten kann, und im Turmzimmer sitzt der exzentrische Lord, betreibt private Studien und nimmt Morphium …"

Ich schüttele den Kopf und krame nach Zigaretten.

„Was redest du da bloß", flüstere ich. „So ein Schwachsinn."

„… und dann ist da der stille Verwalter, der sich um alles kümmert und ihm die Welt vom Leib hält."

Anna lacht.

„Hör auf", sage ich, etwas lauter als nötig.

Ein Paar zwei Tische weiter sieht zu uns herüber. Ich wende den Kopf, starre sie an, bis sie wegsehen.

„Können wir bei dir weiterreden? Isst du das überhaupt noch?“

„Da ist etwas, worüber ich mit dir sprechen wollte. Ich hab jemanden kennengelernt“, sagt sie.

„Jemanden kennengelernt?“

„Schon vor ein paar Wochen. Ich hab dir nichts erzählt, weil ich nicht wusste, ob was daraus wird.“

„Und?“

„Nichts und. Wir mögen uns.“

„Und?“

„Malte mag es nicht, wenn ich mit anderen Männern ausgehe, vor allem nicht, wenn ich schon mal was mit ihnen hatte. Das ist doch ganz normal.“

„Wer sagt das?“

„Jeder normale Mensch versteht das.“

„Der Typ ist ein Idiot“, sage ich und frage mich, warum ich mich überhaupt aufrege, wenn ich Anna sowieso nicht mehr ertragen kann. Warum fällt es manchen nur so verdammt leicht, frage ich mich, und ob das was mit Frauen an sich zu tun hat, dass sie sich so gut anpassen können an alles, was das Leben ihnen vorsetzt. Aber vielleicht sind sie einfach bloß schlauer als wir.

Anna sieht mich an. Ihr Blick ist weder traurig noch wütend. Sie starrt auf meine abgekauten Fingernägel und mustert das verwaschene Snoopy-T-Shirt, das ich seit vorgestern anhabe. Es ist so, als sähe sie sich selbst auf einem Foto aus einer schwierigen Zeit, ein überstandenes Unglück.

„Malte ist nett zu mir. Er hört mir zu, er ruft mich an. Und er weiß, was er will. Und zwar ausnahmsweise mal nicht Künstler werden oder Schriftsteller oder die männliche Version von Christiane F."

„Ich sage ja, dass er ein Idiot ist."

Anna setzt ihre Sonnenbrille auf.

„Ich geh jetzt."

„Okay."

„Ruf mich bitte nicht mehr an."

„Wozu auch?"

Anna steht auf, holt ein Portemonnaie aus ihrer Handtasche und legt einen Geldschein auf den Tisch. Ihr Stuhl kratzt über das Trottoir, ein helles, blechernes Geräusch. Ich bleibe sitzen und bewege mich nicht, so als könne ich dadurch unentdeckt bleiben.

„Mach's gut", sage ich tonlos.

„Ich wünsch dir, dass du irgendwann aufwachst. Das wünsch ich dir wirklich."

IN DIESEM SOMMER gibt es mehr Penner als sonst. Sie schlafen auf den Parkbänken, gefüllte Plastiktüten unter sich aufgereiht, als hätten sie Vorräte für mehrere Wochen eingekauft und nun nicht mehr die Kraft, sie nach Hause zu tragen. Manche reden mit sich selbst oder schreien ihre Hunde an, andere sitzen in Gruppen auf den Bänken im Park und debattieren den ganzen Tag, wie ein Kriegsrat der Aussätzigen.

In der Ackerstraße gibt es einen, der das Glöckchen eines Schokoladenosterhasen um seinen geschwollenen Fuß gebunden hat. Es klingelt sacht, wenn er von seiner Decke aufsteht, die er vor dem Eingang zum Supermarkt ausgebreitet hat. Auf der Decke liegt ein fleckiges Kissen und darauf eine Mütze mit der Innenseite nach oben. Ich lege eine Zigarette hinein und dabei sehe ich mir den Penner von der Seite an, der die Augen zukneift und mit sich selbst spricht in langen, wohlgeformten Sätzen. Der Mann ist noch nicht alt, vierzig vielleicht. Seine Haare sind ihm alle ausgegangen bis auf zwei schwarze Büschel über den Ohren, die er mit einem gelben Stirnband gebändigt hat. Die große Nase ist rot und geschwollen, und auf der hohen Stirn hat die Haut die Farbe von Auberginen angenommen, was seinem Gesicht etwas von einer reifen Frucht verleiht.

Der Penner sieht mich nicht, obwohl ich genau vor ihm stehe. Entweder ist er blind oder wahnsinnig, und ich muss an die Frau mit dem Eimer denken, von der Tom mir erzählt hat, und an den Jungen, der sich selbst verdaut. Ich habe ihm das nicht so richtig geglaubt, aber warum hätte er sich die Geschichte ausdenken sollen? Warum sollte sich irgendjemand noch irgendwas ausdenken, wenn die Realität schon so verrückt ist?

Ich gehe weiter. An manchen Plätzen in Berlin gibt es noch diese alten Wasserpumpen mit Handbetrieb; dort waschen sich die Penner und tauschen Neuigkeiten aus. Ich rede mit ein paar von ihnen, zeige ihnen ein Foto von Moritz, auch wenn ich mir nicht viel davon erwarte. Vielleicht ist das Foto auch zu alt, das ich mitgenommen habe: Moritz trägt einen Rucksack und kein T-Shirt und streift durch hohes Gras, irgendwo in Brandenburg, auf der Suche nach einem See. Er wendet sich um und lächelt skeptisch, das Gesicht braungebrannt, der Körper kräftig vom Schwimmen. Er sieht jetzt natürlich anders aus, aber ein neueres Bild habe ich nicht.

Ich zeige diese Aufnahme jedem, der ihn gesehen haben könnte, halb aus Pflichtgefühl, halb aus Trotz gegen die

Tatsache seines Verschwindens. Ich zeige das Foto Barmännern und Verkäuferinnen, Türstehern, Postboten und sogar ein paar Kindern, doch nur eine Obdachlose am Koppenplatz blickt fröhlich auf, als ich ihr die Aufnahme hinhalte. Sie hustet knallend, zieht die Beine näher an den Körper und bröselt Tabak in ein angefeuchtetes Blättchen.

„Ich suche einen Freund von mir“, wiederhole ich. „Hast du ihn vielleicht schon mal gesehen?“

Die Augen der Frau strahlen. Ihr Gesicht ist sonnenverbrannt und die Haut um die Augen bildet winzige Fältchen. Sie ist höchstens dreißig und riecht nach Schnaps.

„Ja, sicher hab ich den schon mal gesehen. Haha. Man kennt sich.“

Ich zucke zusammen. Die Pennerin macht keine Anstalten, aufzustehen, also kauere ich mich vor ihr hin. Sie hat eine Flasche Korn vor sich und eine Kappe, in der ein paar Münzen liegen. Die Frau murmelt etwas in den weiten Ärmel ihrer Jacke und unterdrückt ein Schreien, indem sie in den Stoff beißt.

„Er hat mir was geschenkt“, sagt sie.

Ich hole eine Zigarette hervor.

„Sowas?“

„Nee. Hahahaha.“

Die Frau schüttelt den Kopf und streicht sich durch die verschnittenen Haare, die von der Sonne blond gebleicht sind. Sie lacht mich aus, denke ich und erinnere mich daran, dass sie wahnsinnig ist.

„Okay“, sage ich geduldig. „Hat er dir Geld gegeben?“

Die Frau nickt.

„Wieviel?“

Das Lachen verschwindet. Die Pennerin umklammert eine neben ihr liegende Plastiktüte und zieht sich in ihre Jacke zurück, verschwindet darin wie unter einem Zelt. Die Wärme scheint ihr nichts auszumachen; ich rieche den vergorenen Gestank von altem Schweiß und dem Geruch des Alkohols. Die Frau sieht nicht schlecht aus, wenn man von ihren schwarzen Fingernägeln und der Frisur absieht. Ich frage mich, wie lange es wohl dauert, bis man so wird, wenn man nicht mehr kann, im Kopf, meine ich. Vielleicht bist du auch bald soweit, denke ich. Streifst durch die Stadt auf der Suche nach einem Phantom, sprichst wildfremde Menschen an und erzählst ihnen deine Geschichte, die niemand hören will. Das ist es doch, was du hier machst, oder?

Der Gedanke lässt mich schaudern. Ich reibe über meine Unterarme, auf denen sich Gänsehaut ausgebreitet hat, und gebe der Pennerin eine Zigarette. Ihr Blick ist jetzt leer. Sie schaukelt vor und zurück, während sie dahockt und schreit.

„Halt die Schnauze! Halt die Schnauze, du blöde Fotze!“

Ihre Stimme ist hart und böse. Ich werde wütend, doch dann kapiere ich, dass die Pennerin nicht mich meint. Sie meint auch keine dritte Person oder sich selbst, sondern vielmehr etwas in ihr, das nach außen wächst, bis es sie ganz und gar ausgefüllt haben wird, wie eine fixe Idee oder die Sehnsucht nach jemandem, der einen verraten hat.

Mir wird kalt. Ich stecke das Foto ein und gehe schnell weiter. Das hasserfüllte Schreien der Frau verfolgt mich über den Platz, ihr Geruch nach altem Schweiß und ungewaschenen Kleidern ist noch in meiner Nase. Das Foto stopfe ich tief in meine Hosentasche, wo es zerknickt. Ich werde nicht mehr nach Moritz suchen, beschließe ich.

Nie mehr.

ICH LAUFE DURCH DIE STADT. Durch Kreuzberg und Charlottenburg, durch Neukölln und Treptow und sogar durch Schöneberg, einfach um nicht zu Hause sein zu müssen und niemandem zu begegnen, den ich kenne. Ich habe keine Ahnung, wie es weitergehen soll. Seitdem ich aufgehört habe, nach Moritz zu suchen, habe ich nicht mehr viel zu tun, aber solange ich nur irgendwie unterwegs bin, fühlt sich das erst mal ganz gut an. Die Zeit vergeht ja sowieso schneller, wenn man nichts zu tun hat.

Ab und zu bleibe ich irgendwo stehen, trinke einen Kaffee oder ein Bier oder kaufe was, zum Beispiel Platten in einem Laden in der Bülowstraße. Mr. Dead & Mrs. Free heißt dieser Laden. Da kann man leicht ein paar Stunden verbringen, ohne besonders viel kaufen zu müssen, und als ich dort eines Nachmittags einen Zigarettenautomaten suche, sehe ich einen blauen BMW 2002 vor einem Möbelgeschäft stehen und lasse meinen Kaffeebecher auf die Straße fallen. Mein Cappuccino versickert auf dem Gehweg, aber ich habe eh nur Augen für das Auto, umkreise es, spähe durch die

Seitenscheibe und sehe das schmale Handschuhfach. Es ist mit schwarzem Klebeband verschlossen, weil es sonst immer wieder aufklappt. Kein Zweifel, es ist seiner. Moritz hatte den Wagen vor zwei Jahren gekauft. In den ersten Monaten waren wir viel damit rumgefahren, nach Brandenburg an die Seen und einmal auch an die Ostsee, bis er nach und nach das Interesse daran verlor. Seitdem stand er fast immer herum und wenn Moritz damit unterwegs war, dann nachts und allein.

Meine Hand streicht über das von Blütenstaub verklebte, niedrige Dach des BMW. Ich habe nicht mehr daran geglaubt, ihn wiederzufinden. Den Zweitschlüssel trage ich trotzdem immer bei mir. Die Tür lässt sich einwandfrei öffnen und sämtliche Warnlämpchen gehen an und wieder aus, als ich ihn ins Zündschloss stecke und sachte drehe. Ich setze mich auf den schwarzen Stoffsitz, hinter das dünne Lenkrad, und kurbele die Fenster herunter, lasse frische Luft herein. Der Innenraum ist leer. Nur zwei Wasserflaschen und eine leere Zigarettenschachtel finde ich. Im Handschuhfach liegen Kondome, ein Stadtplan und alte Parkscheine.

Die Tasche, denke ich und sehe im Kofferraum nach, die Ledertasche mit den Klamotten fehlt. Also doch. Erneut durchsuche ich jeden Winkel in dem Auto, greife in die Zwischenräume der Polster, ohne Erfolg. Zum Schluss blicke ich in den Rückspiegel; er ist ein wenig stumpf und schmaler als die Rückspiegel in modernen Autos. Mein Gesicht erscheint darauf wie in Cinemascope.

Du bist jetzt allein, sage ich zu dem Spiegel. Okay? Komm damit klar.

Es ist lange her, dass ich den BMW zuletzt gefahren bin, aber kompliziert ist es nicht. In der Martin-Luther-Straße tanke ich voll, kaufe ein Red Bull und fahre dann eine Weile herum, ohne Ziel. Es macht Spaß, durch die Stadt zu gleiten mit heruntergedrehten Fenstern, obwohl ich es nicht gewohnt bin, mit Handschaltung zu fahren, und den Motor an den Ampeln mehrmals abwürge. Beim Café am Neuen See parke ich. Einmal weil ich Hunger habe und dann, weil ich hier gern in der Sonne sitze und dabei den Ruderern zusehe, die sich abmühen, weil sie nicht wissen wie man richtig rudert, was aber nichts ausmacht, denn Touristen haben Zeit und der Neue See ist nicht groß.

Ich hole mir ein halbes Hähnchen und Fritten und setze mich auf eine der Bänke im Biergarten. Fast alle sind unbesetzt und als ich das Wechselgeld aus der Hosentasche krame, halte ich einen Flyer in der Hand, den ich vor ein paar Tagen eingesteckt habe. Und da ich sonst nichts bei mir habe, sehe ich ihn mir an, während ich mit der anderen Hand das Fleisch von den Knochen löse und mir in den Mund stecke. Er ist selbstkopiert, auf normales, etwas dünneres Papier, und etwas größer als eine Postkarte. Seine Rückseite ist weiß und mit einem Kugelschreiber-Smiley beschriftet, und die Vorderseite zeigt ein altes Schwarz-Weiß-Foto, auf dem ein Junge in kurzen Hosen eine Schultüte im Arm hält und in Richtung Kamera sieht. Unter dem Foto steht eine Adresse, ein Datum und darunter die Aufforderung, allein zu kommen. Geschwister-Scholl-Straße, das sagt mir überhaupt nichts.

Ist bestimmt bloß eine weitere WG-Party, sage ich mir und zerpflücke die Reste meines Hähnchens. Ein Regentropfen fällt auf den Flyer. Das Papier wird dunkel und wellig, wo vorhin noch das fragende, offene Gesicht des Schuljungen war.

Der Himmel über dem Neuen See ist plötzlich schwarz geworden. Die wenigen Gäste um mich herum flüchten nach drinnen und die Leute in den kleinen roten Holzbooten rudern schneller und schneller, aber nicht alle sind rechtzeitig zurück am Ufer, als ein heftiger Regen einsetzt. Ich schaffe es gerade noch rechtzeitig ins Auto, ziehe die Jacke aus und lege sie zum Trocknen auf den Rücksitz. Während dicke Hagelkörner gegen die Fenster donnern, schlage ich die Adresse auf der Einladung im Stadtplan nach. Die Geschwister-Scholl-Straße ist in Mitte und recht kurz; sie verläuft nah bei der Spree und der Museumsinsel, in einer Gegend, in der sonst nur Büros sind und die Humboldtuni. Eine WG-Party wird es wohl nicht sein. Aber da soll man ja auch nicht allein kommen. Was ist es dann?

Meine Augen ruhen auf der Uhr – es ist Mittag – und auf dem schmalen Armaturenbrett. Der Wagen ist wirklich schön.

Ich verstehe jetzt, warum Moritz ihn nicht verkauft hat, auch wenn er kaum noch Verwendung dafür gehabt zu haben scheint. Er stammt, sagte er mal, aus einer Zeit, in der den Menschen ein beleuchteter Aschenbecher wichtiger war als Dreipunktgurte und Kopfstützen.

Ob ich hingehen sollte zu dieser Party? Der Regen macht einen Wahnsinnslärm. Während ich in die vom Hagel gebeutelten Sträucher starre, denke ich daran, wie Moritz eines Tages mit dem Ding aufgetaucht war, ohne Ankündigung, einfach so, als hätte er sich bloß eine neue Jacke zugelegt. Er fuhr in den Hof und hupte, bis ich herunterkam, strich mit der Hand über das Dach des Wagens, der wie ein leicht nach vorn geneigter Kasten auf seinen kleinen Rädern stand.

„Darf ich vorstellen“, sagte er, „der BMW 2002. Zweilitermaschine, Kugelfischer-Direkteinspritzung, 130 PS, keine Servolenkung.“

„Und du kannst damit fahren?“

„Steig ein.“

Ich zog am silbernen Türgriff und zwängte mich in den Beifahrersitz. Der Innenraum war mit schwarzem Kunstleder ausgekleidet. Die Handbremse ragte als einfache Metallstange aus dem Wagenboden und die Uhr konnte man mechanisch verstellen wie einen alten Wecker, was mir fantastisch vorkam.

„Kann man da auch einen CD-Spieler einbauen?“, fragte ich scherzhaft.

„Klar“, antwortete Moritz und verdrehte die Augen. „Und drei Cupholder, wenn wir schon mal dabei sind.“

Er schüttelte den Kopf und griff ins Handschuhfach, das von einer Schachtel Zigaretten und vier Kassetten vollständig ausgefüllt wurde. Eine nahm er heraus und steckte sie in den Schlitz der Blaupunkt-Anlage, woraufhin ein Song von Suicide aus den Boxen dröhnte.

„Hab ich extra aufgenommen", sagte er.

Wir fuhren die Greifswalder hinauf, dann durch Weißensee, und schon in der Stadt hatte man das Gefühl, doppelt so schnell unterwegs zu sein, wie der Tacho es anzeigte. Keine Landschaft aus Plastik lag vor der Frontscheibe, da waren bloß ein schwarzes, senkrechtes Brett, die Windschutzscheibe und die Fenster, die man selbst herunterkurbeln musste. Der Motor war ziemlich stark für ein so leichtes Auto, und wo es ging, fuhr Moritz schneller als alle anderen, überholte vor den Ortschaften und auf den Alleen, die wie Kirchenschiffe aussahen, weil das Licht seitwärts durch die Baumkronen fiel.

„Höchstgeschwindigkeit gleich Dauergeschwindigkeit", sagte er. „Das war damals neu."

Seine Augen leuchteten. Wenn er bremste, vergingen einige Sekunden, bevor man die abnehmende Geschwindigkeit bemerkte. Das sei das einzige Manko an dem Wagen, aber auch dafür gebe es eine Lösung: einfach nicht bremsen. Irgendwann gabelte sich die Landstraße und Moritz fragte mich, ob ich das Meer sehen wolle, jetzt gleich.

„Wir haben nicht mal Decken“, sagte ich. „Wir haben gar nichts mit.“

„Ich hab Speed gekauft. Das hält uns warm.“

Als wir den Strand erreichten, war es tiefe Nacht. Wir trugen drei Einkaufstüten voller Dosenbier, die wir in Stralsund an einer Tankstelle gekauft hatten, außerdem einen tragbaren Kassettenrekorder, den Moritz aus dem Kofferraum hervorzauberte, und die silberne Rettungsfolie aus dem Verbandskasten. Zusammen breiteten wir die Folie auf dem klammen Sand aus. Moritz beschwerte die Ecken mit Dosen, dann ließen wir uns darauf fallen und hörten Can und Joy Division wie früher in der Schule – Musik, die niemand außer uns beiden ausstehen konnte. Der Strand war leer und dunkel.

Einmal, gegen vier, näherten sich die Lichter eines Schiffes. Sie wurden langsam größer; eine Reihe von schimmernden weißen Flecken auf dem tiefschwarzen Horizont, und gerade wenn man glaubte, das Boot müsse kentern, entfernten sie sich, um bald darauf wieder näher zu kommen, geisterhaft und still.

Ich weiß nicht mehr, ob es wirklich ein Schiff war, aber ich erinnere mich an die Schreie, die Moritz ausstieß, als die Wirkung des Speeds nachließ, und an seine Verzweiflung, als er merkte, dass wirklich keines mehr da war. Er saß zitternd neben mir, hielt die Knie mit seinen Händen umklammert und brüllte, als ob er große Schmerzen hätte. Ich kannte das schon von ihm, deshalb hatte ich ein Gramm in die Klarsichtfolie meiner Zigarettenpackung abgezweigt, während Moritz an einer Raststätte auf der Toilette gewesen war. Als ich es hervorholte, küsste er meine Stirn.

„Manchmal frage ich mich, warum ich dich so verdammt liebe, aber dann weiß ich es wieder. Oh Mann."

Ich sagte nichts, lächelte und öffnete ein weiteres Bier. Wir hatten fünfzig Euro für Alkohol ausgegeben, ohne im Geringsten betrunken zu sein. Eigentlich hätten wir auch Orangensaft trinken können.

Moritz zog die Nase hoch und rotzte in den Sand. Die Körner klebten am feuchten Blech der Dosen fest; nach einer Weile knirschte es auf den Zähnen, sodass wir immer wieder Bierfontänen auf den Strand spuckten, wo sich kleine Seen bildeten.

„Weißt du eigentlich, warum die RAF so gefährlich war?", fragte er unvermittelt.

„Nee", sagte ich. „Warum?"

„Eigentlich waren sie's gar nicht. Ich meine, das waren doch bloß ein Dutzend Bankräuber mit ein paar Knarren und geklauten Autos. Aber die wurden von allen gejagt. Von den Zeitungen, den Politikern, Lehrern, Polizisten, Tankwarten, allen Hausfrauen und sämtlichen Staubsaugervertretern des Landes. Sogar die Hippies haben sie gehasst. Mein Alter meinte mal, dass sie an einem Tag sämtliche Hubschrauber in die Luft gebracht haben, die es in Deutschland gab. Bundeswehr, Polizei, Marine. Und dann sind sie damit an den Autobahnausfahrten gelandet und haben alle kontrolliert, mit Maschinenpistolen im Anschlag. Die sind komplett ausgetickt.“

„Aber warum?“, fragte ich. Die Geschichte kannte ich natürlich aus dem Fernsehen, aber so hatte ich sie noch nicht gehört. Außerdem war Moritz jetzt richtig in Schwung. Er würde weiterreden, egal ob ich zuhörte oder nicht.

Moritz richtete sich auf, zeichnete einen Kreis in den Sand und zog zwei schräge Striche hinein, sodass er wie ein Mercedesstern aussah. Er betrachtete ihn kurz, um dann mit der Hand einen weiteren, senkrechten hinzufügen: das Peace-Symbol. Als nächstes fuhr er mit der Hand durch seine Zeichnung und ließ den Sand zwischen den Fingern zu Boden rieseln. Seine leere Handfläche zeigte nach oben.

„Es gibt eine Sache, mit der du die Leute wirklich fertigmachen kannst. Du brauchst dazu auch niemanden umzubringen. Wenn du das willst, kannst du auch zu McKinsey gehen. Da bist du viel effektiver. Nein, nein. Das einzige, was du tun musst, ist Nein sagen. Nein zum kleinen Geschenk. Das macht sie fertig.“

Moritz sah mich an. Er trug seine Lederjacke wie einen Umhang, mit herabhängenden, leeren Ärmeln. Die braunen Haare reichten ihm bis zum Kinn, strähnig vom Fahrtwind und der salzigen Luft.

„Aber man muss vorsichtig sein“, fuhr er fort. „Denn das ist eigentlich Hochverrat. Oder wer glaubst du hält diesen ganzen Laden hier sonst zusammen? Angela Merkel? Ha.“

Moritz beugte sich über die CD-Hülle, streute Speed aus, hackte und zog. Ich überließ ihm meinen Anteil, und als er den gesamten Vorrat aufgebraucht hatte, fuhr er mit der Zunge über das schartige Plastik wie ein Kind, das einen Eisbecher ausleckt.

„Eher lassen die 'ne Milliarde Menschen verhungern, als dass ein einziges beschissenes Auto weniger gebaut wird. Das ist die einzige Wahrheit. Die werden sich gegenseitig die Knochen abnagen, wenn es den ganzen Plunder plötzlich nicht mehr gibt, wie die Zombies am Tag der Toten. Die können doch gar nicht anders. Deshalb sind sie heute alle schon so harmlos und so hässlich. Wie Zombies halt. Uh. Uh. Uh."

Moritz rollte mit den Augen und machte krallende Bewegungen mit den Händen, als kratze er an einer nicht existierenden Tür. Das Speed brannte stark, aber vielleicht war es auch der Gedanke an die Zombies, der ihm Schmerzen bereitete. Er ließ den Kopf zwischen den Knien hängen und spuckte blutigen Schleim in den Sand, streute Sand darüber und spülte den Mund mit Bier aus.

„Und ich suche seit ich denken kann nach jemandem, bei dem das nicht so ist. Einen muss es doch geben, einen einzigen! Es kann doch nicht sein, dass wir vom Kindergarten bis zum Altersheim ausschließlich von Arschlöchern umgeben sind. Das kann doch nicht wahr sein."

Seine Stimme wurde tiefer und leiser. Er nahm meine Hand.

„Aber bis jetzt hab ich noch keinen gefunden. Außer dir natürlich. Du bist still, aber wenn du mal redest, dann laberst du wenigstens keinen Unsinn."

Das Bier war alle. Wir lagen schweigend nebeneinander und sahen in den Himmel, der vom Meer kaum noch zu unterscheiden war. Die Sterne funkelten. Es waren viel mehr als in der Stadt, und anders als sonst schienen sie in dieser Nacht nicht endlos weit entfernt zu sein, sondern greifbar, als habe jemand den Himmel tiefer gehängt.

Es wurde immer kälter. Wir wickelten uns in die Rettungsfolie und schliefen eng aneinandergedrängt ein, wie zwei abgestürzte Astronauten am Rande eines toten Meers. Moritz redete im Schlaf, unzusammenhängende Sätze, die ich daraufhin abhörte, ob sie meinen Namen enthielten, aber das taten sie nicht. Ich hielt ihn fest und mochte mich gern dafür, dass ich das tat. Wir waren allein, aber zu zweit, und das würde immer so bleiben. Daran hatte ich überhaupt keine Zweifel.

Der BMW schwankt. Eine Sturmböe geht über den Tiergarten hinweg und bricht ein paar Äste ab. Der Parkplatz vor dem Café leert sich schnell, es sind nicht mehr viele Autos da. Bald wird der Biergarten schließen, die Boote aneinandergereiht mit der schmutzigen Unterseite nach außen neben den kleinen bunten Hütten stehen, das Laub wird sich auf dem Grund sammeln und Kinder mit triefenden Nasen über die Bohlen rennen, wo vorher Tische standen.

Die Saison ist endgültig zu Ende. Ich lege beide Hände auf das Lenkrad und kralle mich daran fest wie an einem Rettungsring. Ich war noch nie so bleich am Ende eines Sommers. Dean ist vorgestern nach Sardinien geflogen, Tom vor zwei Wochen nach Ibiza, und Moritz ist wahrscheinlich längst in Buenos Aires oder auf Bali. Nur ich bin hiergeblieben, der einzige Idiot, der ihm immer hinterhergerannt ist, einfach weil ich es so gewöhnt war und weil Moritz so schlecht allein sein konnte. Auf einmal habe ich Annas Stimme im Ohr, und egal wie sehr ich mich bemühe, ich werde sie einfach nicht los: *Sowas kann ja nicht gutgehen auf Dauer.*

AN DER TOTAL-TANKSTELLE in der Holzmarktstraße kaufe ich eine Straßenkarte und einen Kanister, den ich mit Benzin fülle und in den Kofferraum stelle. Dann geht's nach Norden, in die Uckermark. In der Uckermark wohnen weniger Menschen pro Quadratkilometer als irgendwo sonst in Deutschland, jedenfalls habe ich das mal so gelesen. Das klingt, als sei es eine Wildnis, ein wirkliches Außen, wie die Wüste oder die Steppe, und genau sowas brauche ich jetzt. Außerhalb der Stadt macht das Fahren auch viel mehr Spaß, besonders auf der Landstraße. Es fällt schwer, nicht viel zu schnell zu fahren. Immer wieder zwinge ich mich abzubremsen, halte nach Bushaltestellen Ausschau, nach Feldwegen, die man befahren kann, nach Gruben und Senken. Ich sehe Bäume und Sträucher, Seen, Zäune und Gräben, aber kaum Häuser, und wenn, dann sind sie so klein, als wollten sie sich vor mir verstecken.

Einmal halte ich in einem Dorf bei Prenzlau vor einer Gaststätte. Ich trinke Filterkaffee unter einem eingeklappten Sonnenschirm, der aus einem weißen Plastiktisch ragt, obwohl ich Filterkaffee überhaupt nicht mag. Ich denke über das kleine Geschenk nach und warum Moritz es angenommen hat. Ab und an schlage ich nach Wespen. Es hat aufgehört zu regnen. Die Wolken ziehen weiter, aber der Boden, das Gras und die Bäume sind noch nass. Es ist genau das richtige Wetter, denke ich und bestelle noch einen Kaffee, obwohl mir nach dem ersten schon der Magen wehtut. Die Tischdecke ist aus gewebtem rosa Kunststoff und wird von vier Bleikirschen am Wegfliegen gehindert. Während ich mit zittriger Hand acht Löffel Zucker in die Tasse schütte, versuche ich mir einzureden, dass das Zittern am Koffein liegt.

Ich atme ruhig ein und aus. Der Himmel ist jetzt ganz weit, zerfaserte Restwolken ziehen vorüber, plastisch wie unter einer IMAX-Kuppel. Es ist ein Himmel, der einiges verspricht, dieser Brandenburger Himmel, aber dann geschieht trotzdem nie etwas. Ist eben Brandenburg, denke ich. Und nicht Kalifornien, die Wüste, Zabriskie Point.

Ich fahre im ersten Gang ins Feld und komme etwa zehn Meter weit. Als die Reifen durchdrehen, steige ich aus und hole den Kanister aus dem Kofferraum, schütte großzügig Benzin über die Sitze und das Dach und die Motorhaube. Die Flüssigkeit schillert bunt in der Sonne. Der Geruch ist betäubend, ich ziehe ihn gierig ein wie früher als Kind, wenn ich an einer Tankstelle vorbeikam. Ich denke an das Haus in der Wüste und an den fliegenden Hummer, während ich Grillanzünder in kleine Stücke breche und sie oben auf jeden Reifen lege. Einen ganzen Riegel platziere ich auf der verchromten Stoßstange, genau unter der Niere. Dann trete ich zurück und betrachte den BMW. Das kleine Geschenk, flüstere ich. Es wird Zeit, es zurückzugeben.

Meine Hände zittern nicht, als ich das Streichholz anzünde und es an den Paraffinwürfel halte. Ein zweites werfe ich aufs Dach, ein drittes auf die Sitzpolster. Dichter schwarzer Rauch quillt bald darauf aus den Fenstern, die ich alle heruntergekurbelt habe. Der schöne BMW 2002 verwandelt sich innerhalb weniger Minuten in ein brennendes Wrack. Die Weizenstoppeln ringsum werden versengt, ihr Geruch vermengt sich mit dem Duft des Benzins. Ich inhaliere ihn tief, bleibe so lange vor dem Auto stehen wie möglich. Dann wird die Hitze zu groß. Die Haut auf meiner Stirn spannt sich. Ich spüre noch die Wärme des Feuers im Rücken, als ich mich abwende und in den nahen Wald renne. In einer Pfütze wasche ich den Paraffingeruch von meinen Händen, während ich ein sanftes Aufleuchten zwischen den Stämmen bemerke: die Flammen haben den Tank erreicht. Es bleibt dennoch still im Wald. Nur ein fernes Knistern ist zu hören und meine Schritte auf dem feuchten Grund, in den ich zentimetertief einsinke.

An der Straße warte ich, bis ein Auto vorbeifährt und mich mitnimmt. Ich muss nicht lange warten. Ein Paar mittleren Alters hält an. Auf dem Rücksitz ihres Kombis stehen zwei Weidenkörbe mit Pilzen. Sie fragen nicht, was ich hier mache, viele Kilometer vom nächsten Dorf entfernt, und ich hüte mich, ihnen irgendwas zu erzählen, an das sie sich später, nach mir befragt, erinnern könnten. Sie wohnen in Prenzlauer Berg, was gut ist, denn so fahren sie mich bis in die Stadt. Wir reden über Pilze, Wölfe und den Sommer, der angeblich wieder mal viel zu trocken gewesen ist, während wir uns über die weite Ebene bewegen, zurück in die Stadt.

Das Licht fällt warm zwischen den Alleebäumen hindurch, lässt das hohe Gras leuchten und die Bäume, deren Blätter sich hier schon etwas früher verfärben als in der Stadt. Es gibt keine richtigen Flüsse zu sehen und keine Hügel, die den Blick begrenzen, keine Berge und auch kein Meer, und vielleicht ist es ja diese große, stille schöne Leere um Berlin, die einem vorgaukelt, dass man dort, im Zentrum des Nichts, alles werden kann. Oder wenigstens ein Anderer.

DIE NUMMER 5 IST DAS LETZTE HAUS der Geschwister-Scholl-Straße. Direkt daneben ist eine große Brache und dann schon die S-Bahn. Ringsherum sind die Fassaden hell und renoviert, aber dieses Haus ist verwittert und voller Einschusslöcher, der Türgiebel barock gewölbt und brüchig. An der Tür klebt ein Zettel mit der Aufschrift *„4th floor"*. Ich steige hinauf, und tatsächlich stehen im vierten Stock dutzende Paar Schuhe auf dem Treppenabsatz; den Zettel mit dem Schuljungen darauf halte ich fest in der Hand wie eine Eintrittskarte.

Ein junger Typ mit Bart öffnet. Er trägt eine Nickelbrille und einen Hut wie man ihn bei Kindergeburtstagen aufgesetzt bekommt: ein spitzer Kegel in einem schillernden Blau, dessen Band unter seinem Kinn spannt. Ich zeige ihm den Flyer, und der Typ nickt freundlich und deutet in den Flur, wo Unmengen Kerzen brennen, die in Flaschen und silbernen Leuchtern stecken.

„Enjoy", sagt er.

Ich laufe herum. Die Wohnung hat viele Zimmer, die Decken sind sehr hoch, der Stuck üppig, und sie ist ziemlich dunkel, weil sie nur von Kerzen beleuchtet wird. Möbel gibt es keine; die Gäste stehen oder sitzen, die Beine untergeschlagen, in kleinen Gruppen auf dem Boden. Es sind beinahe ausschließlich Jungs. Aus versteckten Lautsprechern dringt ein Song der *Jackson 5,* aber niemand tanzt, und ich denke, dass ich vielleicht doch besser wieder verschwinden sollte, als ich einen flüchtigen Bekannten von mir bemerke, allein an der Wand lehnend, ein Weinglas in der Hand und offensichtlich bekifft.

„Hallo Henrik", sage ich. „Ich dachte, du bist in Paris."

Henrik schiebt seinen Strohhut zurück und grinst.

„Ich bin ja in Paris. Und was machst du hier?"

„Das wüsste ich auch gern", sage ich. „Schöner Hut übrigens."

„Ach, den hab ich nur, weil sie mir die Haare so glatt gemacht haben gestern. Schau."

Henrik nimmt den Hut ab, setzt ihn aber gleich wieder auf. Dann erzählt er vom Venice Beach, wo er letzte Woche ein Shooting hatte, und wie toll man in L.A. einkaufen kann. Ich bemühe mich, ihm zuzuhören, aber es gelingt mir nicht. Von dort, wo ich stehe, kann ich die Leute sehen, die durch die Wohnungstür kommen und jedes Mal kurz innehalten, bis ihre Augen sich an die Dunkelheit gewöhnt haben.

Ein paar der Gesichter kommen mir tatsächlich bekannt vor, aber das ist ja immer so bei Partys, und während Henrik weiter auf mich einredet, geht plötzlich eine Tür neben uns auf, die mir vorhin nicht aufgefallen war. Ein junger Asiate stolpert aus einem hell erleuchteten Raum, die wimpernlosen Augen vorübergehend blind, durch die Dunkelheit der Küche. Er trägt eine metallisch-goldene Hose, ein weißes Tanktop und weiße Pantoffeln, die mit Plastikfolie umwickelt sind. Um seinen Hals hängt ein weißer Totenkopf so groß wie eine Pflaume.

„Hey guys“, sagt der Mann, als er uns wahrnimmt. „I'm Travis. Nice to meet you.“

Travis lächelt versonnen und breit, und obwohl er die Tür schnell wieder zumacht, kann ich sehen, dass der Raum hinter ihm hell erleuchtet ist und der Boden silbrig glänzt. Travis fragt, ob wir Dienstag im Cookies gewesen seien, und ich sage, kann sein, und er fragt, ob ich mich nicht erinnern kann.

„Ich kann mich nicht erinnern“, antworte ich.

„Das Cookies ist eh blöd“, wirft Henrik ein.

Henriks Augen sind rot und seine Stimme klingt weich, als habe er schon wesentlich mehr getrunken als dieses eine Glas Wein. Er deutet auf die verborgene Tür.

„Soooo“, fragt er verschwörerisch, „what have you been doing in there?“

Travis strahlt uns an. Sein Schädel ist kahlrasiert bis auf einen schmalen Streifen in der Mitte des Kopfes, sein Gesicht wächsern blass; es ist unmöglich zu sagen, wie alt er ist.

Er schnappt sich ein Glas aus dem Regal und füllt es mit Gin und Eis und etwas Wasser.

„Remove your shoes“, sagt er, „and I'll show you.“

Alles in dem Raum ist weiß oder silbern. Zuerst erkennt man kaum was, weil das Licht der Neonröhren an der Decke so hell ist. Ich kneife die Augen zusammen und mache ein paar Schritte in den Raum. Das Parkett ist mit Aluminiumfolie ausgelegt; es knistert, wenn man drüberläuft. Auch der Kronleuchter ist in Folie gewickelt und wie in der übrigen Wohnung gibt es außer einem Tapeziertisch und einigen Metallregalen an den Wänden keine Möbel. In den Regalen stehen kleine Objekte: Büsten, Spielzeugroboter, eine Michael-Jackson-Figur und einiges mehr. Alle Gegenstände sind von einer dicken weißen Farbschicht überzogen, ein künstlicher Geruch geht von ihnen aus.

Travis geht voran. Mit den Plastiktüten an seinen Füßen sieht er aus wie ein Wissenschaftler, der mit gefährlichen Chemikalien hantiert. Es kommt mir vor, als sei ich in ein Filmset geraten oder in eine Theateraufführung, doch ich kann beim besten Willen nicht erkennen, dass uns jemand zusieht. Travis steht jetzt vor dem Tapeziertisch, auf dem ein Porzellanteller voll Kokain zwischen Werkzeugen, Pinseln und Farbtuben liegt. Er zwinkert mir zu.

„We want to keep it a secret, okay?"
„Sure", sage ich.
Henrik beugt sich über den Tisch und zieht zwei Lines, und ich ziehe auch zwei. Es brennt kaum, und ich überlege kurz und ziehe noch eine dritte, weil sie so klein sind. Henrik schnieft und sieht mich an.
„Sieht man was?", fragt er.
„Nein."

In den darauffolgenden Stunden füllt sich die Wohnung mit Leuten, die den ganzen Wein leer trinken und ungefähr eine Million Kerzen anzünden. Ein schnauzbärtiger Fotograf ist darunter, der eine große Kamera um den Hals trägt, und ein Mädchen in einem Kleid aus aneinandergenähten T-Shirts, das ihm nicht von der Seite weicht. Henrik kennt ein paar der Jungs, die vorhin im Wohnzimmer saßen. Es sind, glaube ich, Franzosen, die aber alle Englisch sprechen, und bald wandern wir gemeinsam von einem Zimmer ins nächste, wie die ganze Party sich von einem Raum in den anderen zu verlagern scheint, als habe jeder seine Stunde, als sei für jedes Zimmer ein bestimmter Abschnitt der Nacht vorgesehen und angemessen.

In einem Raum entdecken wir einen Flügel. Henrik klimpert darauf herum, den Kopf zurückgeworfen, die Augen geschlossen, bis ihn ein Mädchen in einem schwarzen Kleid bittet, „for heaven's sake" damit aufzuhören, und als ich gegen vier Uhr früh von der Toilette zurückkomme, sind Travis und Henrik verschwunden. Die meisten anderen Gäste sind schon gegangen, auf dem Boden des weißen Zimmers liegen leere Bierflaschen und Weingläser ohne Stiel.

Die Skulpturen stehen unverändert im Regal. Ein Kruzifix scheint noch feucht zu sein. Es liegt neben einer gedrungenen Figur, deren spitze Ohren schräg von einem breiten Kopf abstehen. Etwas an ihr kommt mir vertraut vor, viel vertrauter als das Kruzifix und die anderen Gegenstände in dem Regal. Es ist Yoda aus *Star Wars*, der älteste aller Jedi-Ritter. Ich nehme die Figur in die Hand. Die Farbe ist in ihre beweglichen Gelenke gelaufen, man wird nie wieder damit spielen können. Man kann sie nur anschauen.

„Jedis ich habe herangebildet achthundert Jahre lang", flüstere ich. „Vergessen du musst was früher du gelernt."

Jemand lacht. Ich wende den Kopf. Es ist niemand im Raum außer mir und trotzdem höre ich Stimmen ganz in meiner Nähe. Das macht mir Angst. Ich schleiche über die Alufolie, um kein Geräusch zu machen, in Richtung der Geräusche, die aus der Wand kommen und blinzele. Tatsächlich gibt es da eine Tür, weiß und ohne Klinke. Ein Wandschrank. Ich klopfe.

„Who's there?", fragt Travis.

„It's me", sage ich.

„Oh, come in."

Das Innere des Wandschranks ist von oben bis unten mit Möbeln und Büchern vollgestopft. Sie müssen zuvor in der

Wohnung gestanden haben, denn die meisten Bücher sind auf Deutsch, und das kann Travis ja nicht lesen.

Er sitzt mit einer Handvoll Leute dicht gedrängt im Kreis, die Köpfe geduckt unter den sich biegenden Regalen. Ich zwänge mich neben Henrik und einen Jungen in einem geblümten Kleid, der keine Schuhe trägt und eine Glasplatte auf den Knien balanciert. Sie reden gerade über Mykonos, weil einer der Gäste nächste Woche hinfliegen soll, um Fotos für irgendeinen reichen Sammler zu machen, und obwohl der Fotograf keine Lust hat auf Mykonos, wird er wohl fahren, denn der Sammler ist sehr, sehr reich, wie gesagt. Travis meint, dass er es machen soll, weil er sich dann bald das richtig gute Zeug kaufen könne, *„the Damien Hirst coke"*, das dreihundert Dollar pro Gramm koste und absolut rein sei.

Die Glasplatte ist jetzt bei mir. Ich beuge mich vorsichtig darüber, damit nichts verlorengeht. Als ich ziehe, brennt es stark und ich nehme den seltsam seifigen Geschmack wahr, während das Kokain wie Strom durch mich hindurchfließt. Eine ganze Weile lang kann ich gar nichts sagen, sitze bloß da und grinse wie ein Irrer.

Dann wird über Tattoos geredet; der Fotograf hat einen Kreis auf der Schulter und *„The Smiths"* auf dem Unterarm und der Junge mit dem Kleid hat sich das Geburts- und das Todesdatum seines Großvaters stechen lassen und seine Unterschrift. „He was a farmer", erklärt er. „I grew up with him, and when he died I took his passport to have a tattoo on my arm with his signature."

Ich weiß nicht, wie lange wir in dem Schrank sitzen, aber es muss eine ziemliche Weile sein, denn als ich aufstehe, um ins Bad zu gehen, ist es draußen hell. Auf dem Weg durch die Wohnung stolpere ich über zwei Jungs, die ausgestreckt auf dem Parkett liegen. Der eine hat den Kopf auf die nackte Brust des anderen gelegt und hält ein Feuerzeug unter eine Glaspfeife. Es riecht verbrannt, und als ich im Bad bin und die Tür abgeschlossen habe, sehe ich mich im Spiegel an und befühle mein Gesicht.

Das klingt jetzt sicher seltsam, aber ich habe stark das Gefühl, dass irgendwas mit meinem Gesicht nicht stimmt. Ich meine, es sieht normal aus im Spiegel, aber irgendwie scheint es nicht richtig da zu sein, nicht zu mir zu gehören, und deshalb muss ich es sehr konzentriert anfassen, um sicher zu sein, dass es auch meins ist.

Draußen bricht der Tag an. Bald verabschieden sich der Grieche und der Fotograf, um ins Berghain zu gehen. Sie nehmen Henrik mit, dessen Nase zu bluten begonnen hat, und als wir im Flur stehen und Henrik ein Handtuch ins Gesicht presst, tausche ich mit Travis Telefonnummern aus. Sein Gesicht leuchtet in dem fahlen Morgenlicht, das aus der Küche in den Flur kriecht.

„Gehst du nicht ins Berghain?“, fragt er.

„Nein“, sage ich. „Ich gehe nach Hause.“

An der Marschallbrücke führt ein blaues Rohr in die Spree, aus dem schmutziges Wasser tropft; das ist das Grundwasser, das aus den Baustellen gepumpt wird, weil der Boden so nass ist und die Gebäude nach ein paar Jahren sonst einfach einsinken würden. Sie sehen neu aus, aber nicht besonders gut, und als ich die Spree noch einmal überquere, wähle ich Annas Nummer. Ich halte das Telefon in die Luft, höre ihre Stimme und dann den Signalton der Mailbox, und nachdem ich das Telefon eine Weile in den Wind gehalten habe, um die Stille einzufangen, schalte ich es aus.

Ich gehe nicht nach Hause. Etwas zieht mich weiter, am Reichstag und an den großen Häusern aus Beton und Glas vorbei, zwischen denen eine filigrane Brücke verläuft und deren Fassaden und Treppen riesenhaft wirken, als seien sie nicht für Menschen gebaut, sondern für eine andere, höher entwickelte Spezies. Durch die Glasfassaden kann man ins Innere der Büros sehen, und in die kreisrunden Konferenzräume.

Die Laternen haben pfannenartige Köpfe wie die Lampen in einem Operationssaal, und vor dem Kanzleramt gibt es einen Springbrunnen, allerdings ohne Becken. Es sind Rechtecke aus Wasser, die abwechselnd steigen und fallen, ein abstraktes Schauspiel ohne Zuschauer, denn auch hier ist die Straße menschenleer. Nicht einmal Polizisten gibt es um diese Zeit, nur jede Menge Kameras, und als ich zum Zaun gehe, der das Kanzleramt umgibt, sehe ich einen Fuchs.

Ich bleibe stehen, weil ich das Tier nicht erschrecken will, doch der Fuchs wendet nur kurz den Kopf und trottet dann weiter in den Park. Ich bin erstaunt, wie grazil sein Körper ist im Verhältnis zu dem langen und dichten Schweif, der knapp über dem Boden pendelt. Anstatt weiter am Zaun entlangzulaufen, folge ich ihm über eine Wiese, die sehr weich ist und kurzgeschoren wie ein Teppich und auf der ein paar Bäume stehen und Skulpturen aus Stein. Also nicht irgendwelche nackten Figuren oder Engelchen, sondern richtige Brocken, die so hoch sind wie ein Mensch und die irgendwie primitiv aussehen, so als stünden sie schon seit Tausenden von Jahren hier. Die Bäume stehen dicht beieinander. Nichts ragt über sie hinaus, und wenn man es nicht besser wüsste, könnte man meinen, dass die Stadt hier zu Ende ist.

Je weiter ich gehe, desto älter scheint der Tiergarten zu werden. Die Bäume sind größer, das Gras höher, und wenn man den Weg verlässt, sieht es gar nicht mehr aus wie ein Park, sondern wie ein richtiger Wald mit ein paar Lichtungen dazwischen, und es ist unmöglich, zu sagen, wie groß er ist oder wo er aufhört. Der Fuchs sieht sich noch einmal nach mir um, als wolle er sichergehen, dass ich ihm auch folge. Dann verschwindet er im Unterholz. Vielleicht ist das aber auch schon der Ort, denke ich; vielleicht muss ich genau hierher.

Ich lege mich hin. Das Gras ist weich und grün, nicht voller Unkraut und sonnenverbrannt. Das muss an den alten Bäumen liegen, deren Kronen erst knapp über dem Boden enden. Sie werfen dunkle weiche Schatten auf das Gras und in dem Moment, in dem mein Kopf den Boden berührt, steigt mir ein metallisch-scharfer Geschmack den Rachen hinauf. Meine Spucke schmeckt bitter, wie halb zerkaute Tabletten. Aus meinem Körper ist alle Kraft gewichen. Meine Arme zittern stark, und während ich mich im Schatten dieses Baumes zusammenrolle, versuche ich, nicht den hellroten Schleim anzustarren, der an den Grashalmen kleben bleibt, wenn ich ausspucke. Was war das bloß für ein Zeug?

Das Würgen kommt jetzt in Wellen. Ich beuge mich nach vorne, damit die Kotze nicht auf mein T-Shirt spritzt. Sie ist beinahe flüssig, weil ich in den letzten Tagen kaum was gegessen habe, und auch dieser Flüssigkeit ist ein helles Rot beigemischt, das mir überhaupt nicht gefällt.

Alles dreht sich. Ich würge eine halbe Stunde lang und erst, als wirklich nichts mehr kommt, lege ich mich auf die Seite, die Wange ins Gras gepresst, und atme vorsichtig ein und aus. Alles reduziert sich auf dieses Atmen. Ein und aus. Wenn ich nicht würgen muss, fühlt sich das großartig an. Dazwischen ist es die Hölle. „Oh Mann“, stammele ich, „oh Mann.“ Die Sonne steht jetzt über den Baumwipfeln. Wenn ich durch die Zweige nach oben sehe, hinterlassen ihre Umrisse dunkle Nachbilder auf meiner Netzhaut, die einander mit jedem Lidschlag überlagern, immer verworrener und undurchdringlicher werden. Die Geräusche der Stadt entfernen sich und verstummen allmählich. Als es wieder hell wird, sehe ich eine Insel vor mir aus dem Dunkel auftauchen. Ich umrunde sie auf einem langen Kanu, dessen Schatten grünlich schimmert, ohne Paddel und ohne Kleider. Das Kanu treibt von allein zum Ufer; als ich aussteige, versinkt mein Fuß bis zum Knöchel in weißen Blüten, die unablässig von den Bäumen fallen, viel mehr, als es eigentlich sein können, so als würden sie permanent nachwachsen; eine schwache Wärme geht von ihnen aus.

Nach kurzer Zeit sind meine Haare und Schultern weiß. Auch die Stämme der Bäume sind weiß und der Boden, über den ich gehe. Die Welt ist bleich geworden wie ein schlecht entwickeltes Foto. Alle Geräusche klingen gedämpft. Ein diffuses graues Licht breitet sich aus, das überall gleich ist, sodass ich nicht sagen kann, von wo es kommt oder wodurch es erzeugt wird. Oben und unten vermischen sich, wie in einem Schneesturm, doch ohne Bewegung, ohne einen Laut.

Langsam wird es unheimlich. Ich verliere die Orientierung. Meine Füße sinken in den weichen Grund. Jeder Schritt ist schwerer als der vorherige. Ich bleibe stecken. Oder laufe ich weiter ohne meine Beine zu spüren? Bewege ich mich oder bin ich gefangen? Ich öffne den Mund und schreie so laut ich kann. Ich höre nichts. Das Weiß füllt mich aus, es schlüpft in meinen Mund und in die Kehle, bis meine Lungen kollabieren. Ich werde sterben, und niemand ist da. Niemand sieht mich. Ich versuche, mir mein Gesicht vorzustellen, meinen Körper, wie und was ich bin, aber da ist nichts, nur dieses blasse Nichts. Es ist zu spät, denke ich noch, du hast alles falsch gemacht. Nichts kommt wieder, und nichts wird je wieder gut. Ich konnte ihm nicht helfen und mir wird auch niemand helfen. Und das war's.

Ich bin tot.

„DU WILLST NICHT ESSEN, SAGEN SIE. Und deine Eltern willst du auch nicht anrufen. Gut, dass mein Telefon noch ging. Hab mich gleich auf den Weg gemacht."

„Von Ibiza?", frage ich. „Echt?"

„Du, das ist gar nicht so toll wie alle sagen."

Tom ist da. Ich erinnere mich nicht, ihn angerufen zu haben. Ich erinnere mich überhaupt an nichts, das in den letzten beiden Tagen passiert ist. Er steht am Fenster, in kurzen Hosen, als sei er gleich vom Strand zum Flughafen gefahren. Er hat sich wohl beim Rasieren geschnitten, ein rundes Pflaster klebt ihm am Kinn. Wir geben uns High-Five. Ein grünes Plastikding steckt in meinem Arm fest, unterhalb des Handgelenks. Ich ziehe die Kanüle aus meiner Haut, das Blut wische ich an der Bettdecke ab. Es ist nicht viel.

„Wann kann ich gehen?", frage ich Tom.

„Du kannst jederzeit abhauen. Hast ja nichts verbrochen. Willst du?"

„Bring mich hier raus, Mann."

„Aye, aye, Sir."

Tom legt eine Jeans und ein T-Shirt über den Stuhl neben dem Bett, die er in einer Plastiktüte mitgebracht hat. Die Aufschrift ist die eines spanischen Supermarkts. Er hat wahrscheinlich die letzten beiden Wochen nur gefeiert, aber jetzt wirkt er wie jemand, der alles im Griff hat, seine Rechte kennt und die Schwestern zurechtweist. Tom hat keine Angst vor Ärzten, weil in seiner Familie alle Ärzte sind. Außer ihm natürlich.

„Welcher Tag ist heute?", frage ich.

„Ich glaube September."

Vor dem Fenster erkenne ich die Silhouette der Stadt, es muss der zehnte oder fünfzehnte Stock der Charité sein. Ich hebe die Bettdecke an. Jemand hat mir ein Krankenhaushemd angezogen.

„Wo sind meine Sachen?", frage ich.

„Hab dir was von mir mitgebracht. Du hast sie wohl im Tiergarten gelassen."

„Was?"

Ich spüre, dass ich bleich werde und dann rot. Das Weiß, der feine Staub. An irgendwas hat mich das erinnert, etwas Fernes und Schreckliches, aber ich weiß nicht an was. *Nichts kommt wieder und nichts wird je wieder gut.*

„Mehr weiß ich auch nicht", sagt Tom. „Ich kenn hier einen Pfleger, der feiert ab und zu bei mir. Sonst erzählen die einem ja nix."

Tom stellt eine Coladose auf das Tischchen über meiner Bettdecke. Man kann es mit einem Teleskoparm ausklappen.

Er zieht die Lasche von der Dose ab und reicht mir das Getränk. Als ich mich aufrichte wird mir kurz schwindelig, aber dann nehme ich die Dose in beide Hände und trinke sie in einem Zug leer.

„Vielleicht solltest du erst mal zu mir ziehen", sagt Tom. „Wäre, glaube ich, besser."

AM NÄCHSTEN TAG PACKE ICH meine Sachen. Dean hilft mir. Er ist aus Sardinien zurück, wo er mit ein paar Leuten ein Haus gemietet hatte. Ich bin etwas eifersüchtig, weil er mich nicht gefragt hat, ob ich mitkommen will, und das merkt er, glaube ich. Vielleicht packt er deshalb so eifrig mit an. Es ist auch nicht viel, das es zu packen gibt; Toms Wohnung ist gut eingerichtet, er verbringt mehr Zeit in Möbelgeschäften und auf ebay als mit irgendwas anderem. Während Dean mein Bett auseinanderbaut, fülle ich einen der Pappkartons: die Bücher und Schuhe nach unten und meine T-Shirts und Pullover obendrauf, wie ich es von meinem Vater gelernt habe. Die Wohnung werde ich erst mal untervermieten; Moritz' Sachen kommen auf den Dachboden, aber ich habe gerade nicht die Kraft, sie einzupacken, deshalb schließe ich nur die Tür zu seinem Zimmer ab.

Um zwei klingelt es. Tom hat einen seiner Barleute als Fahrer geschickt und auch den Transporter bezahlt, weil er seit seinem letzten Umzug mit dem Club nichts Schweres mehr heben kann. Dean und ich laufen die Treppen rauf und runter; ich habe so wenig Möbel, dass der kleine Kastenwagen nicht mal annähernd voll ist. Ein Bett, eine Matratze, eine Stehlampe, ein Stuhl: Schon seltsam, denke ich, dass man jahrelang in einer Stadt wohnt und überhaupt keine Möbel gekauft hat; als warte man ständig darauf, dass irgendetwas losgeht, für das man keinen Ballast gebrauchen kann, ein großer Krieg oder ein plötzlicher Aufbruch.

Dean deutet auf die fünf roten Bände des *Kleinen Pauly* in der Ecke des Zimmers. „Brauchst du die noch?", fragt er und man sieht ihm förmlich an, wie absurd er es findet, heutzutage noch ein Lexikon zu besitzen, und dann auch eins der Altertumswissenschaft. Die Bücher sind recht schwer, obwohl es nur eine Studienausgabe ist, und ich überlege, ob ich sie überhaupt mitnehmen soll.

Eigentlich wollte ich ja Philosophie studieren, wie Moritz, aber mein Abi hatte gerade noch für Ägyptologie und Klassische Archäologie gereicht. Ich habe die Fächer trotzdem ganz gern belegt, weil man da Griechisch und Arabisch lernt, und wer kann das schon. Auch Zeichnen habe ich gelernt, und in den Seminaren erzählten uns die Professoren von ihren Ausgrabungen in Italien, in Syrien und in Griechenland. Ich konnte es gar nicht erwarten, da mal selbst hinzufahren, auch wenn man hauptsächlich im Staub sitzt und Pfeilspitzen nummeriert.

Die ersten Wochen haben mir wirklich gefallen, obwohl es sehr viel zu lernen gab. Aber dann musste ich Seminare wie „*Allgemeine Berufsvorbereitung*" belegen und die wurden nicht von Professoren gegeben, sondern von Dozenten aus der Wirtschaft, wahrscheinlich weil die sich mit sowas besser auskennen. Da wurde uns dann zum Beispiel vermittelt, wie man sich bewirbt oder durch ein Assessmentcenter durchkommt. Auch wie man sich zu einem Vorstellungsgespräch richtig anzieht wurde uns gesagt, nämlich möglichst kompetent „und als Frau vor allem nicht zu aufreizend".

Ein Modul hieß, das weiß ich noch, „*Personale und sozialkommunikative Kompetenzen*", und im Semester darauf habe ich das Modul „*Organisations- und Managementkompetenz*" belegt. Das sah so aus, dass jeder Student sich ein Geschäftsmodell überlegen sollte und der, der am Ende die meisten Stimmen erhielt für sein Projekt, sollte einen Preis von achthundert Euro bekommen und einen Gutschein von Easyjet, vielleicht weil junge Unternehmer später immer viel herumfliegen müssen.

Mir ist leider nichts Gutes eingefallen. Zuerst habe ich vorgeschlagen, dass man selbstgemachtes Eis in der Uni verkaufen soll, weil das in der Mensa von Schoeller ist oder von Langnese und einfach nicht so gut schmeckt wie das, was man zum Beispiel in der Eismanufaktur am Oranienburger Tor bekommt. Das fand die Dozentin aber nicht okay, weil sie meinte, dass da wahrscheinlich schon Verträge bestünden zwischen der Uni und diesen Firmen. Also, das könne ich wahrscheinlich vergessen, sowas auf dem Gelände der Universität zu machen.

Dann habe ich mir etwas anderes überlegt: nämlich dass man irgendwo in der Stadt einen Raum mietet und dort Partys feiert und jeder, der möchte, kann sich an der Miete beteiligen. Auch die Anlage würden alle zusammen kaufen und wer kann, sollte auflegen dürfen oder eben an der Bar arbeiten, aber immer abwechselnd, auch wenn, sagen wir, die Toiletten geputzt werden müssten. Eintritt gebe es keinen, weil die Party ja von allen zusammen veranstaltet wird und jeder nur seine Freunde mitbringt und Freunde natürlich keinen Eintritt zahlen müssen.

Das habe ich also vorgeschlagen. Aber dann ging die Diskussion los: dass man mit so einem Modell niemals Geld verdienen könne, wurde eingewendet, und dass jemand, der auflegt, auch mehr Geld bezahlt bekommen müsse als einer, der nur am Tresen steht. Und als ich gesagt habe, dass es einen solchen Raum im Moment ja noch gar nicht gibt und das einfach etwas Neues wäre, haben die anderen Studenten nur gelacht und gesagt, das sei auch kein Wunder, denn ein funktionierender Businessplan sehe anders aus.

Eine andere Idee hatte ich nicht. In der darauffolgenden Woche bin ich nicht mehr hingegangen und in der Woche darauf auch nicht und die Dozentin hat mir keine Punkte gutgeschrieben und so habe ich dann auch das Modul nicht bestanden. Ich hätte auch ein anderes belegen können, „*Gender- und Diversitykompetenz*" zum Beispiel, aber dazu hatte ich noch weniger Lust. Ich konnte überhaupt nicht mehr daran denken, noch mal in eine solche Veranstaltung zu gehen, weil mir von dem Gedanken schon übel wurde, so richtig körperlich schlecht.

„Also was ist jetzt?“, fragt Dean. Er klingt ungeduldig. Das Zimmer ist beinahe leer. Wir haben Jacken an, weil es draußen kalt ist; durch die offenen Fenster wehen kleine Blätter herein, die auf den Dielen mit den Staubmäusen Fangen spielen. „Willst du die Dinger mitnehmen?“

„Nein“, sage ich und hebe den letzten Karton auf, um nach unten zu gehen. „Die braucht echt kein Mensch.“

IM WEINBERGSWEG GIBT ES einen alten Fotoautomaten, der sehr beliebt ist, weil er Schwarz-Weiß-Bilder macht, auf denen jeder so aussieht, als sei er in einer Band. Als ich mittags dort vorbeikomme, wird er von drei jungen Typen in engen Jeans belagert. Ein vierter ist auf den gegenüberliegenden Stromkasten geklettert, der vollständig mit Plakaten beklebt ist, dicke Placken, die sich wie Rinde schälen und nach und nach abfallen. Ich muss was bei der Post einwerfen, aber das hat noch Zeit. Während ich langsam an dem Automaten vorbeigehe, erkenne ich Julian, der eine Flasche Sternburger in der Hand hält und mir zuwinkt. Wir kennen uns aus dem Rio, dem Club in der Chausseestraße; bei einer Party dort haben wir uns eine Pille geteilt, die Julian in einem der Ledersofas gefunden hatte, und anschließend auf den Toiletten mit demselben schwarzen Mädchen rumgemacht, das, glaube ich, Tonic hieß.

Das Sternburger ist lauwarm. Ich nehme einen Zug und frage Julian nach dem durchsichtigen Verband, der unter seinem karierten Hemd hervorschaut. Die Haut darunter ist ganz rot. Julian knöpft sein Hemd bis zum Bauchnabel auf und ich erkenne ein schwarzes Herz mit zwei Buchstaben und einen Pfeil, der das Herz durchstößt. Er erzählt mir, dass er sich letztes Wochenende „in dieses unglaubliche Mädchen" verknallt habe, und gleich am nächsten Morgen haben sie sich gegenseitig ihre Initialen stechen lassen.

„Sie auf dem Arsch und ich hier", sagt Julian und deutet auf seine in Plastik verpackte linke Brusthälfte. „Man muss den Verband eine Weile dranlassen, damit es sich nicht entzündet. Super, was?"

Ich nicke anerkennend.

„Echt stark", sage ich. „Und was macht deine Band so?"

„Ach, der geht's gut. Wir haben ein paar Gigs nächsten Monat, im Magnet und irgendwo in Rostock. Ich setz dich auf die Liste, wenn du willst."

„Das wäre toll. Danke. Wie heißt ihr noch mal, Die Schäubles?"

„Nee, das war mal. Wir sind jetzt Die Sympathischen Kommunisten. Sag mal, kennst du zufällig einen Bassisten?"

„Nee."

„Ach schade. Eigentlich ist Franz unser Bassist. Ich mag ihn total, aber er hat einfach gar keine Zeit mehr, seit er studiert. Und jetzt hat er sich auch noch den Arm gebrochen. Also wenn du was hörst …"

Julian zupft an den Plakaten herum, während er redet, und lässt Fetzen um Fetzen auf den Boden fallen, zwischen Zigarettenstummel, alten Fahrscheine und Kronkorken.

„Ich sag dir Bescheid, wenn ich was höre. Versprochen."

„Ist echt nett von dir."

„Julian?", ruft es aus dem Fotoautomaten.

„Jaaa?"

„Wir sind soweit."

„Sorry", sagt er lächelnd und zuckt mit den Schultern. „Ich muss da rein. Wir sehn uns bald, was?"

„Auf jeden Fall."

Julian umarmt mich, wobei mir die Nieten seiner Lederjacke gegen die Brust drücken. Anschließend geht er zum Automaten, zieht den schwarzen Vorhang zur Seite und drängt sich zu den anderen in die Kabine. Ich höre sie lachen und sehe den Blitz hinter dem Vorhang, einmal, zweimal, dreimal, dann gehe ich weiter, zur Post in der Torstraße. Ich brauche nur eine Briefmarke für fünfundfünfzig Cent, um meine Exmatrikulation zu verschicken, aber ich habe überhaupt kein Kleingeld für den Automaten und die Schlange vor den Schaltern ist mal wieder richtig lang: lauter bärtige Männer mit dicken Brillen, die ihre alten Videospiele auf ebay versteigert haben. Ich frage höflich einen nach dem anderen, ob er einen Fünfer wechseln kann, aber niemand kann, und dann erbarmt sich eine ältere Dame und schenkt mir eine Briefmarke, einfach so.

„Danke", sage ich zu der Frau. „Sie wissen gar nicht, wie sehr Sie mir damit helfen. Danke vielmals." Die Frau und die Brillenträger sehen mich an, als ob ich verrückt wäre, aber das macht mir überhaupt nichts aus. Der Brief ist viel dünner als der mit der Bewerbung vor ein paar Jahren und auch nicht so groß, doch nachdem ich ihn eingeworfen habe, geht es mir besser. Wirklich bedeutend besser.

AM ABEND BEKOMME ICH eine Nachricht von Travis; er benutzt eine amerikanische Nummer, die mit 001 anfängt und ich kenne niemand sonst, der so eine hat. „Wie geht es dir?“, schreibt er und ich antworte „Gut, und dir?“ und hoffe, dass er bald zum Punkt kommt, weil Textnachrichten nach Amerika echt teuer sind. Er kommt dann aber gleich zur Sache: „Hast du vielleicht Lust, zur Vernissage eines Freundes von mir zu kommen?“, fragt er und nennt eine Adresse und eine Uhrzeit und den Namen einer Galerie. „Ich würde mich freuen, dich zu sehen.“

Ich sehe nach. Das ist Samstag. Ich hatte nicht mehr damit gerechnet, von ihm zu hören, aber ich freue mich, mehr als ich gedacht hätte. „Klar“, schreibe ich zurück, „echt gern.“

Ich rufe Dean an, weil der sich ja auch für Kunst interessiert, aber wie sich herausstellt, weiß Dean schon von dieser Eröffnung, der Künstler sei schon ziemlich bekannt in New York und in London.

„Travis übrigens auch“, sagt Dean. „Der geht gerade richtig ab. In seinem Haus gibt es keinen einzigen Gegenstand, der nicht weiß ist, hab ich gelesen. Sogar das Klavier hat bloß weiße Tasten. Echt krank, was? Und mit dem bist du verabredet?"

„Es ist keine Verabredung", sage ich, „nur eine Einladung." Währenddessen öffne ich Umzugskartons mit einer Schere. Meine Klamotten sind auf mehrere Kisten verteilt, es wird ewig dauern, da etwas zu finden.

„Was zieht man denn bei so einer Eröffnung an?" frage ich.

Dean fängt an zu lachen. Er kriegt sich gar nicht mehr ein, schnappt nach Luft.

„Na, wenn das mal keine Verabredung ist."

„Ach halt die Klappe, Dean."

Es ist ein warmer, klarer Abend. Am Schlesischen Tor quellen die Leute aus der U-Bahn, spazieren die Schlesische Straße herunter in Richtung Treptow und sehen aus, als wären sie auf dem Weg ins Berghain, aber sie laufen tatsächlich alle zu der Ausstellung in einem Backsteinbau und trinken das Dosenbier, das in schwarzen Plastikwannen schwimmt und nichts kostet. Nachdem ich mir eine Dose genommen habe, unterhalte ich mich mit dem Fotografen, den ich bei Travis kennengelernt habe, der mit dem Smiths-Tattoo. Er trägt einen winzigen Hund auf dem Arm, den ihm seine Freundin überlassen hat, solange sie in Paris ist, arbeiten, wie er sagt.

Ich streichele dem Hund über den Kopf. Noch bevor ich mich erkundigen kann, was es drinnen so zu sehen gibt, winkt der Fotograf einem vollbärtigen Mann mit Lederweste zu. Seine Arme sind tätowiert und auf dem Kopf trägt er einen schwarzen Hut; seine blonden Haare reichen ihm bis zur Schulter. Er sieht aus wie der Sänger von Motörhead, nur dünner und jünger.

„Hey Dash!", ruft der Fotograf.

Dash winkt zurück, bevor er zu uns herüberkommt, um uns Flyer in die Hand zu drücken. Vorne steht was von Afterparty und eine Adresse, und auf der Rückseite ist ein Mann zu sehen, der einen jüdischen Gebetsschal über seinen steifen Schwanz gehängt hat wie über einen Fahnenmast.

„Kommt ihr zur Party?" fragt Dash auf Englisch. „Leo und ich werden auflegen".

„Aber sicher," antwortet der Fotograf. Die beiden umarmen sich.

Ich stehe daneben und bin ein wenig verwirrt, weil Dash schon zum Fürchten aussieht, aber andererseits wahnsinnig freundlich ist. Die Sonne steht tief und lässt Dashs blonde Haare leuchten, als würde er einen Heiligenschein unter seinem Hut tragen.

„Also bis dann", sagt er. „Ich zähl auf euch."

Die Galerie ist eine Folge von weißen Räumen, in denen sich bärtige Männer und dünne Frauen um bemalte Hinkelsteine drängen. Es riecht nach Lösungsmitteln und Parfum. Batterien von Leuchtstoffröhren sind an der Decke montiert, viel zu viele eigentlich; das Neonlicht verleiht allen Dingen eine übertriebene Wirklichkeit, so als betrachte man sie auf einem hochauflösenden Display.

Auf einem Tresen liegen Kataloge aus. „Ich suche Travis", sage ich. „Wir sind hier verabredet", schiebe ich hinterher und die Frau hinter dem Tresen lächelt vielsagend. Ich frage mich, ob sie mich wohl für einen Dealer hält. Sie fragt aber nicht weiter nach, sondern führt mich nach hinten in einen von einer Schiebetür verborgenen Raum, der ausnahmsweise mal nicht weiß ist, sondern schwarz: der Boden, die Möbel und auch der große Schreibtisch aus getöntem Glas, hinter dem Travis beinahe verschwindet. Auf der anderen Seite des Tisches sitzt eine ziemlich bekannte Sängerin, die mir ein vages Lächeln zuwirft, und ein grauhaariger Mann, der gerade etwas in einen Block zeichnet und darauf deutet.

„Deine Arbeit wäre dann hier, siehst du?"

„Hmmm. Ja, okay."

Travis sieht nicht überzeugt aus. Er sieht mich und springt auf.

„Du kannst die Musik aussuchen, wenn du magst."

„Danke."

Auf dem Tisch steht ein silbernes Powerbook. Kurz darauf erklingt *Neverland* von The Knife in der gesamten Galerie.

Die Sängerin nickt im Takt. Ich habe sie ein paarmal in Clubs auftreten sehen und ein paar ihrer Lieder auf meinem iPod, und jetzt sitzt sie mir gegenüber wie ein schlecht frisiertes Bonbon und muss sich anhören, was ich hören will. Das finde ich spitze.

Ich trinke einen Schluck Tequila und schlendere durch das Büro, das irre groß ist, obwohl es bloß einen einzigen Schreibtisch gibt. Die Sprossenfenster werden von dünnen schwarzen Vorhängen verdeckt. Sie bauschen sich im Wind zweier Ventilatoren, die vor einer Installation aus bunten Neonröhren stehen; ein Brummen und der Geruch von warmem Plastik geht von ihnen aus. Am anderen Ende des Raumes hängt ein goldener Kopf verkehrt herum von der Decke, der zwei Gesichter hat. Beide sehen aus wie Travis; die Münder sind durch einen Tunnel miteinander verbunden, die Lippen weggefressen.

Ich hebe den Kopf vorsichtig an; er ist richtig schwer.

„Du musst ihn mit beiden Händen halten", ruft Travis.

„Ist das echtes Gold?"

„Ja, aber nur außen. Innen ist er aus Bronze."

„Und warum das Seil?"

„Er hängt genau auf der Höhe meines Herzens."

Ich lasse den Kopf los. Das Seil strafft sich und der Schädel schwingt leicht im Kreis, bevor er langsam zur Ruhe kommt. Mir fällt auf, dass das Ding von der Seite wie ein Herz aussieht, also wie ein richtiges Herz, nicht wie das Symbol.

Ich will Travis danach fragen, aber ein Klingeln wie auf dem Pausenhof unterbricht mich. Als ich die Schiebetür öffne, sehe ich die Leute, die nach draußen drängen.

Es klingelt noch zweimal, jedes Mal länger und durchdringender. Erst als wirklich niemand mehr in den Räumen ist, verlässt Travis das Büro, um sich vom Künstler die Ausstellung zeigen zu lassen. Der Künstler heißt Leo und ist ein langer, schlaksiger Typ mit offenem Hemd, der ständig an einem Federanhänger herumnestelt, den er an einer Kette um den Hals trägt.

Zu dritt gehen wir von Bild zu Bild. Da sind Fotos von kiffenden Männern und welche von jungen Frauen, die Wörter in Baumstämme ritzen. Es gibt Leinwände, auf die die Worte HOLY SHIT gemalt sind, aber so geschickt, dass es wie Graffiti aussieht, und welche mit ausgespuckten bunten Kaugummis, die mir richtig gut gefallen. Travis bleibt vor jedem Objekt kurz stehen, den Mund leicht geöffnet wie ein staunendes Kind. Leo lässt ihn nicht aus den Augen, beobachtet seine Reaktionen von der Seite.

„Es ist sehr gut gehängt", sagt Travis schließlich.

„Danke", sagt Leo; er sieht erleichtert aus.

Eine der Leinwände lehnt mit der Vorderseite an der Wand. Ein jüdischer Gebetsschal ist darüber geworfen, wie er auch auf dem Flyer zu sehen ist. Davor steht eine Holzschale voll weißer Farbe. Ich bin mir ziemlich sicher, dass die vorhin noch nicht da war und beobachte, wie Travis den Schal anhebt, bevor er mit Leo hinter der Leinwand verschwindet.

Die Sängerin und der Grauhaarige sind aus dem Büro verschwunden, als ich zurückkomme. Dash sitzt allein auf dem Schreibtisch und schnieft Kokain, von dem ein ganzer Haufen auf dem schwarzen Glas des Schreibtischs liegt wie ein Eisberg auf einem düsteren, halb durchsichtigen Meer.

„Globale Erwärmung?", frage ich.

Dash prustet. Das Pulver verteilt sich über den Tisch.

„Oh, tut mir leid", sage ich.

„Es is' genug da."

Dash zieht drei dicke Lines mit einem gerollten Dollarschein. Die routinierte Art, mit der er gleichzeitig hackt und raucht, den Hut in den Nacken geschoben, erinnert mich an Moritz, der auch immer Aufmerksamkeit braucht und einem doch das Gefühl vermittelt, völlig autark zu sein.

Dash reicht mir eine seiner Zigaretten und zündet sie an. Er erzählt, dass Leo ein Freund von ihm ist und er ihn begleitet hat, weil er noch nie in Berlin war. Jetzt sind sie schon drei Tage hier und Dash fühlt sich ein bisschen allein, weil er im Grunde nichts zu tun hat außer in der Stadt herumzustreifen und Fotos zu machen mit einer Polaroidkamera, die auf dem Glastisch liegt wie das Relikt aus dem letzten Jahrhundert, das sie ja auch ist.

„Wenn du willst, können wir morgen was zusammen machen", schlage ich vor.

„Mann, das wäre toll!" Dashs Augen leuchten auf. Er reibt seine Schläfen.

„Welcher Tag ist heute?"

„Samstag", sage ich.

„Fuck. Wir fliegen morgen Nachmittag. Ich glaub nicht, dass ich früh genug aufstehe. Was machen die bloß so lange da drüben?"

„Ich hab keine Ahnung. Sah wie ein Ritual aus."

„Ach ja. Travis steht auf Rituale. Da steht er voll drauf."

Dash lacht und zeigt mir ein paar Polaroids, die er heute gemacht hat und dann fragt er mich, was der beste Ort in der Stadt wäre, um ein Brandopfer darzubringen.

„Ein Brandopfer?", frage ich.

„Ja, ein Brandopfer."

Nach einigem Nachdenken fällt mir die große Granitschale ein, die im Lustgarten vor dem Alten Museum steht. Im Winter liegt eine Abdeckung darauf, doch jetzt kann man einfach so hineinklettern. Ich erzähle Dash von dieser Schale, und der nickt zustimmend, während er einen Krümel Kokain in sein Zahnfleisch reibt.

„Lass uns hinfahren", sagt er.

Ich grinse, weil ich denke, dass er einen Scherz gemacht hat, doch Dash holt einen Stoffbeutel unter dem Tisch hervor sowie einen Packen Zeitungen. Geschickt faltet er einen Bogen Papier zu einem Briefchen, schiebt das Kokain hinein und steckt ihn sich vorne in die Hose.

„Sag den anderen Bescheid. Auf geht's."

Vor der Galerie wartet ein schwarzer Mercedes. Der Wagen riecht innen neu und ist so lang, dass ich die Beine ausstrecken kann, was ich selten kann in einem Auto. Ich erkläre dem Fahrer, wo wir hinwollen und während wir durch Kreuzberg fahren und über die Spree nach Mitte, knöpft Travis sein Hemd auf. Darunter trägt er ein ärmelloses Netzhemd und den kleinen weißen Totenkopf an einer Kette um den Hals. Er hat auch eine schwarze Ledertasche dabei, der er einen weißen Pelz und einen Holzstab entnimmt, der wie ein Spazierstock für Zwerge aussieht: kurz und knotig mit einem gebogenen Ende, das Holz glänzend und dunkel.

„Ist das Yodas Stab?“, frage ich.

„Nein, der ist indianisch. Ein indianischer Zauberstab. Aus Arizona.“

Dash schießt ein Foto von dem Stab. Travis trinkt Tequila und lässt das Fenster herunterfahren, um die erstaunlich warme Nachtluft einzuatmen. Als wir auf der Museumsinsel angekommen sind, bittet Travis den Fahrer zu warten und den Motor laufen zu lassen. Er legt sich den Pelz um die Schultern: eine weiße Stola mit einem Fuchskopf am Ende, dessen schwarze Augen mich stumm anblicken.

Meine Jeans reißen im Schritt, als ich in die Schale klettere; man muss ein bisschen springen und sich dann am glatten Rand festhalten und das macht der Stoff nicht mit. Die anderen ziehen mich an den Armen rein. Dash kippt den Inhalt eines Stoffbeutels auf den flachen Steinboden: eine Dose Terpentin, eine Farbtube, Streichhölzer, das *Thriller*-Album von Michael Jackson und ein T-Shirt. Er reißt den Stoff in kleine Streifen, während wir die Flasche herumgehen lassen und ich das Museum betrachte, hinter dessen breiten Säulen eine rote Leuchtschrift zu sehen ist. *All Art Has Been Contemporary* steht da.

Ich frage, warum wir ausgerechnet *Thriller* verbrennen und Dash erklärt mir, dass Michael Jackson einer der größten Künstler aller Zeiten sei; jemand, der seine alte Identität aufgegeben habe, um der King of Pop zu werden. Das heißt, eigentlich gebe es ja so etwas wie Persönlichkeit überhaupt nicht, denn Person, das bedeute einfach Maske und ob ich das nicht wüsste.

„Nein", sage ich.

„Na, dann wird's aber Zeit. Wenn man einmal aufgebrochen ist, kann man nie wieder zurückkehren. Michael kann auch niemals wieder der werden, der er mal war. Sein Schicksal erfüllt sich erst, wenn er stirbt. Für uns. Wie Jesus."

„Ja", sagt Travis. „Jesus hat sich für die Sache geopfert – um die Seelen der Menschen zu retten und die größte Berühmtheit aller Zeiten zu werden. Vor ihm war es Dionysos, für ungefähr zweitausend Jahre. Die Menschheit besteht aus seiner Asche. Und Michael ist der nächste."

„Aber warum *Thriller?*", frage ich. „Warum nicht *Bad?* Oder *Dangerous?*"

Dash holt ein Messer aus der Innentasche seiner Lederweste und schneidet sich in den Daumen, ohne das Gesicht zu verziehen. Das Blut tropft ins Feuer. Er reicht das Messer weiter an Travis und wickelt sich einen Streifen Stoff um den Daumen, den er abbeißt und an den Enden verknotet.

„*Thriller*", doziert Travis, „ist das meistverkaufte Album aller Zeiten. Niemand hatte je einen größeren Hit. Nicht Elvis, nicht die Beatles, niemand. Und so wie's aussieht wird auch nie mehr jemand einen haben. Kannst du dir das vorstellen?"

„Nein. Ich meine: Ja."

„Gut. Und jetzt gib mir deinen Finger."

Die Flammen schlagen einen halben Meter hoch, erleuchten unsere Gesichter. Dash hat sich die Haare nach hinten gestrichen und die Augen geschlossen. Auf seinen Wangen ist weiße Farbe verrieben. Er bedeutet mir, es ebenso zu machen. Ich tunke meinen Finger in die Farbdose und male mir je einen Strich auf jede Wange und einen quer über die Stirn. Wir sehen wie Krieger aus oder wie die Anhänger eines obskuren, aber mächtigen Kultes, in den nur wenige eingeweiht werden. Ich bin fast ein bisschen stolz, diese Farbe im Gesicht zu haben und mit Travis befreundet zu sein, hier zu sein. Das ist alles vollkommen irreal, aber gleichzeitig auch viel wirklicher und echter als das, was ich sonst so tue.

Das Album verbrennt qualmend und langsam. Glühende Papierfetzen treiben durch die Luft, steigen kreiselnd auf, um dann in alle Richtungen wegzufliegen wie verirrte

Glühwürmchen. Ich sehe in den beinahe sternenlosen Himmel und dabei denke ich an das Video zu *Billie Jean*, das ich vor Jahren mal auf MTV gesehen habe, in einem Rückblick auf „Die besten Musikvideos aller Zeiten".

Michael Jackson war in diesem Video noch richtig schwarz. Er läuft in Lackschuhen durch irgendein Ghetto, und jeder Pflasterstein, auf den er tritt, hebt sich ein Stück aus dem Boden und beginnt golden zu leuchten. Alte Zeitungen wehen über die Straße und hinter einer Mülltonne liegt ein Obdachloser und schläft. Jackson bleibt stehen, als er ihn bemerkt. Er schnippt eine Münze in die Blechdose, die der Penner vor sich aufgestellt hat, und mit einem Mal geht ein Leuchten von ihr aus wie vorhin von den Pflastersteinen. Die Lumpen des Penners verwandeln sich in einen weißen Smoking mit roter Fliege und rotem Kummerbund und seine Haare, die vorher schmutzig und unordentlich waren, erscheinen nun glatt und hellgrau und sauber.

Wie es dann weiterging, weiß ich nicht mehr, aber an die Szene erinnere ich mich, während wir in der Schale vor dem Museum stehen und in die kleiner werdenden Flammen starren, den Blick nicht abwenden können.

Vielleicht haben sie Recht, denke ich. Vielleicht bewirkt es tatsächlich etwas. Man kann es nicht wissen, bevor man es nicht probiert hat.

DIE PARTY FÜR LEO findet in einem alten Schwimmbad statt, das von innen noch größer wirkt als von außen: Ein hohes Gewölbe mit Säulenumgängen auf zwei Etagen und ein tiefes, leeres Schwimmbecken. Die Räume, die von der Längsseite des Beckens abgehen, sind dunkel und nur von ein paar roten Leuchtstoffröhren erhellt; in den Ecken des Gewölbes stehen riesige Boxentürme, aus denen ein Song von Fisherspooner dröhnt.

Es ist brechend voll. Die halbe Stadt scheint gekommen zu sein, und ich sehe viele bekannte Gesichter in der Menge, aus Clubs vor allem, aber nicht nur. Die DJ-Kanzel ist zwischen zwei Säulen im ersten Stock eingerichtet, und bevor Dash seine Platten auspackt, legt er beide Hände auf meine Schultern und fragt, ob ich es schon spüren würde.

„Was denn?“, frage ich.

„Die neue Reinheit.“

Dashs lange Haare rahmen sein Gesicht, dessen Augen mich fiebrig anstarren. Ich trinke einen Schluck Rotwein und fasse in meine Haare, weil die sich immer anders anfühlen, wenn ich drauf bin, aber die sind wie immer. Vielleicht war es nicht genug Blut, denke ich, oder ich habe irgendwas falsch gemacht. Aber dann fällt mir auf, dass meine Beine nicht mehr schmerzen wie noch vorhin, als ich in die Schale geklettert bin und mir die Jeans aufgerissen habe.

„Meine Beine“, sage ich. „Als ob ich schweben würde oder so. Aber nur ein bisschen.“

„So fängt es an“, sagt Dash zufrieden und presst den Kopfhörer an sein Ohr.

„So fängt es immer an.“

Als die ersten Takte von *Transmission* durch das Schwimmbad hallen, verlasse ich die DJ-Kanzel und gehe runter auf die Tanzfläche. Eine improvisierte Holztreppe führt ins Becken. Ich gehe zu der Stelle, an der es am tiefsten ist und schließe die Augen und tanze, bis mein Kopf leer ist und nur noch die Stimme von Ian Curtis existiert, die von den gekachelten Wänden widerhallt, laut und stumpf.

Ich denke an Moritz und wie oft wir diesen Song zusammen gehört haben, aber sofort entgleitet mir die Erinnerung wieder, wie sehr feiner Stoff, an dem man sich festhalten will, und dann ist es schon zu spät und man greift ins Leere und fällt und fällt ohne aufzuschlagen am Boden, denn unter dem tut sich immer schon ein weiterer auf und unter diesem noch einer, bis man merkt, dass es nur ein Traum ist, aber das ist es ja, glaube ich, nicht, denn dann müsste ich jetzt wirklich schon sehr lange schlafen.

Dann ist der Song vorbei. Ich will nicht mehr tanzen, ich will nur allein sein. Hinter der Tanzfläche beginnt ein Gang, den ich vorhin nicht bemerkt hatte. Er ist völlig dunkel, sodass man nicht sagen kann, wie lang er ist oder wohin er führt und obwohl ganz sicher niemand darin ist, mache ich ein paar Schritte hinein, bis ich ganz in der Dunkelheit bin, und das ist ein gar nicht mal so schlechtes Gefühl.

Ich bleibe so stehen, ohne auch nur meine Hand vor dem Gesicht zu sehen, und mit einem Mal dehnt sich der Flur nach allen Seiten hin aus, wird zu einem Saal und dann zu einer Halle, bis ich das Gefühl habe, im Universum zu treiben, und dann renne ich nach draußen, drücke die Leute zur Seite, boxe mich durch das Portal und nehme ein Taxi nach Hause.

Zu Hause angekommen ziehe ich alle meine Kleider aus, stelle mich unter die Dusche und drehe das Wasser auf. Der Strahl ist so stark, dass mein Atem für einen Moment aussetzt; ein Reflex, damit man nicht einatmet, wenn man ins Wasser fällt. Ich dusche erst kalt, dann warm, bis die Scheiben völlig beschlagen sind, lasse mich an der Wand zu Boden sinken, während um mich herum alles zu Wasserdampf wird und die Farbe von meinem Gesicht in milchigen Schlieren abgewaschen wird.

Die Wunde an meinem Finger hat sich geschlossen und eigentlich ist nun alles wieder wie vorhin, bevor wir in die Schale geklettert sind. Doch etwas ist anders, Dash hat Recht – ich fühle mich leichter. Es ist, als sei da etwas zerbrochen, aber nicht in mir, sondern außen. Wie eine Schale, die sich um meinen Kopf gelegt hatte und die nun in Stücken auf dem Boden liegt.

Alles sieht anders aus, nachdem sie weg ist, und fühlt sich anders an und riecht auch anders; besser, denke ich. Sogar das Wasser hat sich verändert, das auf mich herunterprasselt: als liefen die Tropfen nicht mehr außen an meiner Haut entlang, sondern von innen.

Das klingt jetzt vielleicht bescheuert, aber genau so ist es, und im Grunde ist es mir auch egal, ob das bescheuert klingt oder albern oder sonst irgendwas. Diese Worte bedeuten nämlich nichts mehr. Sie bedeuten nichts mehr, weil ich sie nicht mehr beachte und deshalb können sie mir nichts mehr anhaben und ich bin hier und sie nicht, und das ist alles, was zählt.

AM SONNTAG BEGLEITE ICH JULIAN zu einer seiner Bandproben in Neukölln. Er hat einen Kellerraum gemietet und mit Eierkartons und Schaumstoff ausgekleidet. An den Wänden lehnen Gitarren und Keyboards, von Nägeln an der Wand baumeln Tamburins und Kinderflöten aus Plastik. Es gibt auch ein Hochbett, in dem Tommi schläft, weil er im Moment keine Wohnung hat und darunter einen Computer, an dem er Samples einspielt und mischt. Drei Mitglieder der Sympathischen Kommunisten sitzen schon auf einem schwarzen Kunstledersofa, als wir hereinkommen. Dakota spielt Keyboard, Friedrich Gitarre und Tommi Schlagzeug. Franz fehlt, weil er sich den Arm gebrochen hat, und nachdem Julian mich vorgestellt hat, liest er uns die Songtexte vor, die er in der letzten Woche geschrieben hat – *Komawirt, Auf der Suche nach der verlorenen Leber* und *Lettemädchen.*

Seine Stimme ist klar und fordernd und gleichzeitig ein bisschen nölig. Dakota und Tommi trinken Wodka aus Kaffeebechern, hören aufmerksam zu und machen ein paar

Änderungsvorschläge, die Julian mit Kugelschreiber in seinen Block schreibt. Als er fertig ist, legt er die ausgerissenen Blätter vor sich auf den Boden. Friedrich spielt einen Akkord und Dakota eine Melodie auf dem Keyboard, die sie immer wieder variiert, und als Tommi sich hinters Schlagzeug setzt und das Pedal der Basedrum betätigt, fängt Julian an, die ersten Zeilen von *Komawirt* ins Mikrofon zu schreien. Tommi trägt eine Arbeiterkappe und ein weißes Tanktop, das ihm bis zu den Knien reicht. Auf seine Oberarme sind zwei Einhörner tätowiert. Dakota nickt im Takt und verändert mit ihren kleinen Händen die Einstellungen des Keyboards; ihre weiße Brille sitzt ganz vorn auf der Nase, sodass sie sie immer wieder zurückschieben muss.

Die Band ist wahnsinnig laut, aber auf eine gute Art und nachdem sie vielleicht eine Stunde geprobt haben, winkt Julian ab und geht zu dem kleinen Kühlschrank, der unter dem Schreibtisch steht. Er öffnet eine Flasche Sternburger für jeden von uns und zeigt fragend auf die Bockwürste und die braun angelaufene Banane, die im oberen Kühlschrankfach liegen, aber niemand will sie haben. Der dünne Teppich ist mit Klebeband auf dem Betonboden festgeklebt.

„Wir klingen wie … Suppe“, sagt Dakota.

Friedrich nickt.

„Weißt du, wie Franz sich den Arm gebrochen hat?“, fragt er mich. „Bei unserem letzten Auftritt hat er sich bei der Zugabe in die Menge geworfen, aber die sind einfach ausgewichen. Scheiß Spandauer.“

Julian steht auf und nimmt eine große Gitarre von der Wand. Sie ist schwarz mit Saiten dick wie Bleistiftminen. Der helle Tragriemen ist breit und abgescheuert und ehe ich etwas einwenden kann, hängt er ihn mir um den Hals und schließt ihn an den Verstärker an.

„Spiel mal."

„Ich kann gar nicht Gitarre spielen", sage ich.

„Das macht nichts, es ist ja ein Bass."

Ich sehe Julian fragend an und rücke den Gurt zurecht.

„Schlag einfach 'ne Saite an", sagt Tommi.

„Wenn ihr meint."

Der Bass ist schwer und massiv; im Gegensatz zu Friedrichs Gitarre hängt er nicht vor dem Bauch, sondern auf Schritthöhe. Ich umfasse den Hals mit der linken Hand und streiche über die oberste Saite, woraufhin ein tiefer, voller Ton durch meinen Körper fährt und den gesamten Raum füllt.

„Wow", sage ich. „Fühlt sich krass an."

„Spiel weiter!"

Julian dreht an den Reglern des Verstärkers und ich schlage wieder und wieder die gleiche Saite an, bis er mir ein Zeichen gibt, dann nehmen alle ihre Plätze ein, verteilen sich im Raum und wir fangen an zu spielen.

Bassspielen ist anders, als ich es mir vorgestellt hatte: man spürt die Musik, bevor man sie hört, zuerst im Bauch und dann bis in die Fingerspitzen, und nachdem Friedrich mir drei Griffe gezeigt hat, kann ich eine Tonfolge spielen, die ich dem Rhythmus des Schlagzeugs anzupassen versuche. Zwischendurch schabe ich mit dem Daumennagel über die Saiten, drehe an den kleinen silbernen Knöpfen und halte den Bass vor den Verstärker, um Rückkopplungen zu erzeugen.

„Und du hast du echt noch nie gespielt?"

„Nee", sage ich. „Nie."

Friedrich legt seine Gitarre ab und fährt sich durch die Haare. Wir haben fast drei Stunden geprobt. Als er seine Gitarre eingepackt hat, nickt er mir zu.

„Kannste haben, den Bass."

„Was, echt?"

„Aber du musst üben."

Ich weiß nicht, was ich sagen soll. Damit hatte ich wirklich nicht gerechnet. Ich wiege das Instrument in den Händen. Der Bass ist schön und an den richtigen Stellen abgegriffen, und unter ein paar Kratzern im schwarzen Lack schimmert Metall hervor. Alles ist, wie es sein muss, es ist nichts Überflüssiges daran und wenn ich spiele, brauche ich an nichts anderes zu denken.

„Danke", sage ich. „Ich werd üben. Versprochen."

Auf dem Weg zur U-Bahn teilen Julian und ich uns eine Zigarette. Er will zu einer Performance im Wedding, bei der jemand durch ein Fenster springen und dabei ein Gedicht aufsagen oder eine Fensterscheibe aufessen und dann ein Gedicht aufsagen soll; ich verstehe es nicht so ganz, aber er will es unbedingt sehen. Den Bass trage ich in einer schwarzen Kunststofftasche bei mir. Julian hat mir einen USB-Stick geschenkt mit allen Aufnahmen, die Devo je gemacht haben. Julian ist der größte Devo-Fan, den ich kenne, und genau genommen auch der einzige. Wir laufen die Sonnenallee hinunter, in die untergehende Sonne, als Julian einen Anruf bekommt und abrupt stehenbleibt.

„Scheiße. Und von wem weißt du das?", fragt er und geht in einen Hauseingang, um dem Wind zu entgehen.

„So eine Scheiße. Verdammt. Das kann doch nicht wahr sein."

Er hört noch eine Weile zu, was am anderen Ende gesprochen wird, dann steckt er das Telefon in seine Jeans und tritt mit Wucht gegen einen Stromkasten. Der Kasten wackelt nicht. Ich zucke zusammen und weiß nicht, was ich tun soll, ob ich irgendwas sagen kann, das ihn vielleicht beruhigt, aber mir fällt nichts ein.

Wir gehen weiter, den Blick auf den Boden gerichtet. Irgendwann fragt Julian mich nach einer Zigarette und ich gebe ihm Feuer und sehe zu, wie er drei Züge raucht und weiterhin auf den Boden starrt. Dann hebt er den Blick und sieht mich an.

„Jill ist letzte Nacht in Barcelona an einer Überdosis gestorben."

„Wieso in Barcelona?“, frage ich, als ob das irgendwie wichtig wäre.

„Sie hat dort den Sommer verbracht.“

Die einzige Erinnerung, die ich mit Jill verbinde, ist ein Abend im Rio: wir stehen mit einer Handvoll Leuten an der Hauptbar und hören DJ Hell zu, als Jill auf den Tresen steigt und einen Handstand macht und zu tanzen anfängt. Alle drehen sich um, aber nicht mal die Barfrau wagt es, sie zum Herunterkommen zu bewegen, obwohl die Hälfte der Drinks auf dem Tresen zu Bruch geht und die Barfrauen im Rio sich sonst eigentlich nichts gefallen lassen. Später hat Jill uns allen Bier ausgegeben, das wir auf einem kleinen Erdhügel im Hof vom Rio getrunken haben, während über den Dächern der Chausseestraße die Sonne aufging.

„So eine Scheiße, Mann. Die Frau war vierundzwanzig.“

„Kanntest du sie gut?“

Julian zuckt mit den Schultern. Ich habe ihn noch nie traurig gesehen, aber jetzt wirkt er völlig niedergeschlagen.

„Eigentlich nicht. Wie man sich so kennt. Sie war eins dieser reichen Mädchen aus New York, die durch Europa reisen und nichts auf die Reihe kriegen. Ich wusste nicht, dass sie Heroin nimmt.“

„Ich auch nicht“, sage ich.

„Sie wirkte immer glücklich, wenn du ihr begegnet bist. So als hätte sie überhaupt keine Probleme.“

„Das ist seltsam“, sage ich.

„Ja, das ist es.“

Wir gehen langsam weiter. Am Hermannplatz steht die Sonne knapp über den Dächern. Der Verkehr hat nachgelassen und das Licht lässt die vielen Erker und Mauervorsprünge hervortreten, als sei die Stadt ein Gebirge. Wir laufen schweigend nebeneinander, bis wir am Eingang zur U-Bahnstation sind und Julian Anstalten macht hineinzugehen.

„Kommst du nicht mit?“, fragt er.

„Nee“, sage ich. „Mir geht's nicht so gut.“

„Wegen Jill jetzt?“

„Mehr so insgesamt.“

„Mir auch nicht. Aber ich muss da hin. Ist ein Freund von mir, da muss man Gesicht zeigen.“

„Okay.“

Wir stehen am Eingang der U-Bahn, jeder seinen eigenen, unguten Gedanken überlassen. Es riecht nach chinesischer Nudelpfanne und dem heißen, schmutzigen Metall der Rolltreppe. Menschen ohne Zähne und ohne Wohnung schieben sich an uns vorbei, ein Araberjunge bietet uns Gras an, aber wir wollen keins. „Nächste Woche“, sagt Julian schließlich und boxt mir gegen die Brust. „Gleiche Stelle, gleiche Welle. Die Kommunisten zählen auf dich.“

SAMSTAGS IST TOM OFT SCHON mittags in seinem Laden, um Lieferungen entgegenzunehmen oder sich um Abrechnungen zu kümmern. Als ich um zwei vor der Metalltür stehe, dresche ich mit aller Kraft dagegen, bis kleine Stücke Rost auf den Boden fallen.

„Einmal klopfen reicht, okay?"

„Sorry", sage ich. „Ich dachte, du hast vielleicht Musik an."

„Nee. Ich zähle Geld."

Tom trinkt Gin Tonic und wedelt mit einem Tütchen voll weißem Pulver vor meinem Gesicht herum.

„Weißt du, ich sage meinen Jungs immer: Keine Drogen im Büro. Keine verdammten Drogen im verdammten Scheißbüro", sagt Tom. „Und was finde ich heute neben dem Ordner mit der Freitagsabrechnung?"

Ich zucke mit den Schultern.

„Ein dickes Gramm Koka. Oder Keta. Oder eine Mischung von beidem. Wie dem auch sei, wir werden es erleben."

„Was ist mit Daniel? Geht's ihm wieder gut?", frage ich, aber Tom hört meine Frage nicht. Er dreht sich zu mir um, ein Grinsen im Gesicht und sagt: „Kommen Sie doch mal bitte mit, junger Mann. Treten Sie näher, nur keine Scheu, haben Sie Teil am aufregenden Leben der jungen Großstädter am Anfang des dritten Jahrtausends."

Er öffnet die Tür zu seinem Büro. Es ist ganz klein, weil die Lüftung darin Platz finden muss, kantige Metallschächte und ein schrankgroßer Ventilator füllen beinahe den ganzen Raum aus. Auf dem Wandregal stehen Taschenlampen und allerlei Kram, den Tom zur Seite schiebt, um zwei Linien der unbekannten Substanz auszulegen. Er reicht mir einen abgeschnittenen Strohhalm.

„Danke", sage ich. „Ich muss mal kürzer treten."

„Ach ja. Na gut. Mehr für mich."

Tom schnieft und sieht mich grinsend an. In seinen Augen ist dieses Funkeln, wie immer, wenn er sich entschlossen hat, die Arbeit zu vergessen und sich nicht wie der Arztsohn zu verhalten, der er ist, sondern wie das „wilde, gesetzlose Tier", für das er sich dann hält.

Er braucht eine volle Minute, um die Substanz so weit zu verarbeiten, dass er wieder sprechen kann. „Bad time craziness", flüstert er, atmet aus und ein und rollt mit den Augen, zwinkert mir zu und bietet mir erneut von dem Pulver an.

„Arbeitet Daniel eigentlich wieder bei dir?", frage ich noch einmal vorsichtig.

„Nee. Wie kommst du denn jetzt plötzlich auf den?“

„Naja“, sage ich und zerfleddere einen Bierdeckel. „Es ging ihm in letzter Zeit ja nicht so gut, und mir auch nicht. Jetzt fühl ich mich besser, und da dachte ich, ich rede mal mit ihm.“

„Na dann mach's doch.“

„Ich hab seine Nummer nicht mehr.“

Tom reicht mir kopfschüttelnd sein Handy. Das ist immer so mit ihm: wenn er sich entschlossen hat auszugehen, ist ihm alles andere egal. Vielleicht bedeutet ihm die Freundschaft mit Daniel auch nichts; vielleicht sind die beiden nicht mal Freunde, denke ich, und dann frage ich mich, warum Tom und ich es eigentlich sind, aber mir fällt keine gescheite Antwort darauf ein. Wir sind es halt einfach, und wenn man das erst erklären muss, dann ist es wohl auch keine Freundschaft mehr.

„Lass mal losmachen“, sagt Tom und füllt zwei frische Drinks in Plastikbecher, die wir auf die Straße mitnehmen. Er möchte in den Club eines Hochhauses und sich dort auf die Dachterrasse setzen. Die Lobby des Hochhauses ist mit hellem Marmor verkleidet; ich sehe an die Wand geschraubte Firmenschilder aus Plexiglas und Garderobenständer auf Rollen. Tom verdreht die Augen und steckt sich die Limettenschnitze aus den Bechern in die Ohren; ein Anzugträger mustert uns mit leichtem Ekel, während er die Kabine verlässt, in der wir nach oben fahren.

Das Geländer der Terrasse besteht aus Glas mit einer breiten Reling aus poliertem Holz, auf die man sich stützen kann, während man die Stadt betrachtet. Die Bar ist ebenfalls aus Holz. Tom starrt der Bedienung in den Ausschnitt, während er bestellt. Er lässt seinen Gin Tonic dreimal zurückgehen, weil es entweder der falsche Gin ist oder zu viele Eiswürfel drin sind oder weil er die Kellnerin anmachen will.

Wir lehnen nebeneinander an der Brüstung, sehen über die in der Sonne glänzenden Häuser und rauchen und reden über Filme, die wir diesen Sommer angesehen haben und die meist Fortsetzungen von Filmen waren, die wir schon kannten. Tom sagt, dass ihm *Departed* sehr gefallen hätte und ich erzähle ihm, dass ich Anna nicht mehr sehe.

Tom dreht sich zu mir um.

„Mädchen sind schwul", sagt er. „Vergiss das nie."

Dann verschwindet er auf der Toilette. Sein Handy lässt er auf dem Tisch zurück, und ich rufe Daniel damit an. Es klingelt elfmal. Als er endlich rangeht, klingt Daniel so, als sei er eben erst aufgewacht. Ich erkundige mich, wie es ihm geht und er sagt gut, und dann frage ich, was er heute Abend macht, weil er dann vielleicht klarer ist.

„Heute Abend?" fragt er, als hätte ich nach seinen Plänen für das nächste Jahr gefragt. „Heute Abend, hmm."

Daniel denkt nach und gähnt. Eine volle Minute lang höre ich ihn atmen.

„Auf dem Kreuzberg ist 'ne Party", sagt er endlich. „Da wo die Feuer brennen. Ich geh um Mitternacht hin."

„Okay“, sage ich, ohne eine Einladung abzuwarten. „Ich werde da sein.“

Ich lege das Telefon auf den Tisch. Die Position habe ich mir vorher eingeprägt und den Anruf aus dem Speicher gelöscht. Aber Tom würde davon wahrscheinlich eh nichts mitbekommen; als er vom Pinkeln zurückkommt, macht er ganz eigenartige Bewegungen. Sein Rücken ist seltsam steif, die Beine dagegen übermäßig elastisch. Als er einen Schritt nach hinten macht, verliert er kurz das Gleichgewicht und hält sich am Geländer fest. Er betrachtet seine Hände, hält sie gegen die Sonne und macht kreisende Bewegungen mit den Ellenbogen.

„Mir wachsen Flügel, Mann.“

„Hör auf mit dem Scheiß.“

„Weißt du, was das Schöne am Mischkonsum ist? Man weiß nie, wie er ausgeht.“

„Ich mache mir nicht nur Sorgen um Daniel“, sage ich. „Um dich manchmal auch“, füge ich leiser hinzu. Mein Becher ist immer noch voll; ich habe keine Lust, schon wieder zu trinken. Stattdessen betrachte ich die Kugel des Fernsehturms, die über der Stadt schwebt wie eine Sonne, genau in der Mitte. Alle drehen sich um sie, ich und Daniel, Anna, Tom und auch Moritz für eine Weile, aber jeder auf seiner eigenen Umlaufbahn, und nur selten überschneiden sich diese Bahnen und man kommt einander näher, aber nie für lange Zeit. Wie Planeten.

Tom stößt auf. Er lässt seinen Plastikbecher auf den Boden fallen und bestellt einen neuen Drink. Ich habe aufgehört zu zählen, aber es ist mindestens der achte in den letzten beiden Stunden.

„Wir sollten alle besser aufeinander aufpassen", sagt er in einem seltenen Anflug von Nachdenklichkeit. „Also geh schon hin. Aber tu mir bitte einen Gefallen."

„Welchen denn?"

„Bleib noch 'ne Stunde hier. Ich komm sonst nicht mehr alleine raus."

IM VIKTORIAPARK IST ES STOCKFINSTER. Nur die Umrisse der Bäume kann ich erkennen, das Grau des Grases und dazwischen, etwas dunkler, den Asphaltweg, der sich den Hügel hinaufwindet. Nach einigen Minuten langsamen Steigens erreiche ich den massiven Sockel aus hellem Stein und die Treppe, die auf das Denkmal führt; es sieht wie die Spitze eines gotischen Kirchturms aus, die man abgeschnitten und auf einen Block gesetzt hat. Auf den Stufen sitzen Leute, sehen über die nächtliche Stadt und reden, ihre Stimmen vermischen sich mit dem Klirren von Bierflaschen und der Musik aus Handys und Ghettoblastern. „Daniel", rufe ich. „Danieeeel."

Niemand antwortet. Ich laufe um den Sockel herum und rufe weiter. Es wird Mitternacht. Schließlich steige ich auf die eiserne Brüstung, deren Spitzen wie Pflanzen geformt sind. Ich halte mich daran fest, während ich den Fernsehturm betrachte, der weit entfernt zwischen zwei Kirchtürmen aufragt und regelmäßig blinkt, damit keine Flugzeuge in ihn hineinfliegen. Die Stadt sieht übersichtlich aus, und dennoch ist es unmöglich, jemanden darin zu finden, wenn der es nicht will, denke ich.

Langsam nervt es. Wo bleibt Daniel nur? Sein Handy klingelt, aber er geht nicht ran. Auf der Wiese am Hang brennen Lagerfeuer aus abgerissenen Zweigen und Getränkekartons, die ich nach und nach ablaufe, um den Leuten ins Gesicht zu sehen. Es ist selten, dass es so spät im Jahr noch so warm ist; jeder will diese letzten Abende auskosten, bevor der Herbst kommt. Vor einem der Feuer bleibe ich stehen. Jemand wirft einen Ast hinein, dann einen Stapel Zeitungen, die hell auflodern, sodass man die Gesichter der Leute sehen kann, die um das Feuer herumsitzen. Sie schreien auf, weil die Flammen plötzlich drei Meter hoch lodern, und jemand anderes wirft einen noch größeren Ast hinein, der das Papier in leuchtenden Fetzen davonfliegen lässt, von der heißen Luft nach oben gewirbelt, zu den alten Bäumen, die um die Wiese herumstehen.

Ich starre erneut in die Dunkelheit. Schwarze Schemen irren herum. Ab und zu pfeift einer und ein anderer antwortet, ebenfalls mit einem Pfiff, und dann sieht man Gestalten über die Wiese laufen, ihre Handys wie Taschenlampen auf den Boden gerichtet.

„Daniel“, schreie ich. „Danieel.“

Die Leute am Feuer starren mich an. „Hör auf zu nerven“, sagt einer von ihnen mit einer hässlichen Stimme. Er bricht einen dickeren Ast entzwei. Die Hälften hält er in den Händen, und dann macht er einen Schritt auf mich zu.

„Komm, hau ab."

„Ich suche nach jemandem, du Penner", erwidere ich, nur um im nächsten Moment einen Schlag gegen das Kinn zu bekommen, der mich fast zu Boden wirft. Ich schmecke Blut auf der Zunge. Einen Moment bin ich verwirrt, weil ich mich eigentlich nie schlage, und einen Moment überlege ich, ob ich es jetzt doch einmal tun sollte, aber diese Leute sind mindestens zu zehnt. Also renne ich los, geradewegs in die Dunkelheit und dann den Hang hinab, heraus aus dem Park und auf die Straße. Meine Lippe schwillt an. An einer Dönerbude nehme ich mir ein Dutzend dünne Servietten mit und presse sie vor mein Gesicht, den Blick auf den Boden gerichtet. Das Blut sickert immer wieder durch und ich lasse die blutigen Fetzen auf den Boden fallen.

Es ist ein ganzes Stück vom Park zur U-Bahn. Auf dem Mehringdamm drängen sich die Menschen, und mehr als einmal muss ich stehenbleiben, weil die Leute sich zwischen den Cafétischen drängen. Ich suche mir eine besonders dunkle Bar, die nur von ein paar roten Glühbirnen und Windlichtern beleuchtet wird und bestelle Wodka auf Eis und kühle meine Lippe, damit sie nicht weiter anschwillt und jeder sehen kann, dass ich verhauen worden bin.

„Bitte sehr."

Ich fahre zusammen. Es ist nur die Bedienung. Der Kellner stellt eine Schale Erdnüsse vor mich.

„Danke", sage ich. Meine Hand wirft um ein Haar das Glas um, das ich leer auf sein Tablett stelle.

„Noch einen, bitte."

Meine Lippe pocht. Ich esse eine Erdnuss nach der anderen, obwohl ich überhaupt keinen Hunger habe. Der Kellner ist ziemlich jung und ganz blass, er trägt ein Ramones-T-Shirt. Überhaupt scheinen in dieser Bar ausschließlich junge, blasse Typen zu sitzen. Er lächelt sanft und geht weiter an einen Tisch in einer dunklen Ecke, an dem jemand in einem weißen Kapuzenpullover sitzt, den er sich tief ins Gesicht gezogen hat. Er bestellt Gin Tonic, und ich falle fast vom Stuhl, als ich die Stimme erkenne.

„Travis?"

Er dreht sich um. Als er die Kapuze abnimmt, sehe ich den rasierten Schädel, der ihn wie einen buddhistischen Mönch aussehen lässt; einen Mönch, der zufällig als Punk verkleidet ist.

„Was machst du denn hier?", frage ich. Wir umarmen uns und Travis deutet auf den leeren Stuhl neben sich.

„Was ist mit deiner Lippe?", fragt er. Ich erzähle ihm, dass ich auf dem Weg vom Park hierher überfallen worden bin.

„Oh Mann", sagt Travis. „Passiert das hier öfter?"

„Ja", sage ich. „Aber ich hatte nicht viel Geld dabei."

„Zeig mal her."

Travis wickelt einen Eiswürfel in eine Serviette und drückt sie gegen die Wunde, die wieder zu bluten anfängt. Wir brauchen Schmerzmittel, sagt er. Der Kellner bringt uns einen Gin Tonic nach dem anderen, die ich schnell und gierig trinke, und immer wieder muss ich Travis ansehen, so als könne ich nicht glauben, dass er es wirklich ist. Ich frage ihn noch einmal, was er hier macht, und er sagt, er hatte eine Verabredung in dieser Bar, aus der aber nichts geworden sei. Deshalb sitzt er gerade alleine hier.

„Das mache ich sonst nie."

Travis lächelt und nimmt ein Windlicht in die Hand. Es ist aus rotem Glas mit kleinen Dellen, und er wendet es langsam hin und her, als berge es ein Geheimnis.

„Ich möchte ein Auto", sagt er träumerisch.

„Jetzt sofort?"

„Nein, zu Hause. In New York."

„Kannst du denn fahren?"

„Nein. Aber ich könnte jemanden anstellen, der mich fährt. Was wäre denn besser: ein Jaguar oder ein Bentley?"

„Ich weiß nicht", sage ich. „Mit Autos kenne ich mich nicht so aus."

„Aber du bist Deutscher!"

Travis stellt das Windlicht zurück auf den Tisch.

„Willst du noch woanders hin?", fragt er.

Ich befühle meine Lippe.

„Nein", sage ich. „Mir ist nicht so nach Leuten."

„Mir auch nicht. Lass uns zu mir fahren", sagt Travis.

DA SEINE WOHNUNG nach der Party renoviert werden muss, wohnt Travis eine Weile im Hotel de Rome. Seine Suite hat einen Balkon, der auf den Bebelplatz hinausgeht, und ein Wohnzimmer mit vielen Lampen, Sesseln und Blumenbouquets. Wir teilen uns eine Flasche Ruinart Rosé, den wir aus Zahnputzbechern trinken, weil Travis alle anderen Gläser zum Anrühren von Tusche gebraucht hat; auf einer winzigen Stereoanlage läuft Musik von Yoko Ono. Es riecht gut in dem Zimmer, nach Tusche, Parfum und Lilien, und während die Spannung der letzten Stunden von mir abfällt, balanciert Travis sein Macbook auf den Knien, um nachzusehen, wie er „in den Charts steht".

„Es gibt Charts für Künstler?"

„Es gibt Charts für so ziemlich alles, glaube ich."

„Und wer ist auf Platz eins, du?"

„Nein", lacht er. „Warhol ist auf eins. Manchmal auch Picasso, je nachdem. Jetzt ist es gerade mal wieder Andy."

„Darf ich mal?"

„Klar doch."

Ich nehme das Macbook auf den Schoß. Rechts von den Namen steht, wann die Künstler gelebt haben, also 1928 bis 1987 bei Warhol zum Beispiel, aber viele sind noch immer am Leben, sogar die meisten, würde ich sagen.

Nicht, dass ich viele Namen kennen würde, doch ein paar kommen mir bekannt vor und es gibt auch einen kleinen Button neben den Namen, der aussieht wie ein Börsenchart. Wenn man draufklickt, erscheint eine Grafik so wie in der

Tagesschau, wenn die Börsenkurse verlesen werden und irgendeine Aktie mal wieder abgestürzt ist. Während ich mir Travis Kurve ansehe, öffnet er einen Safe neben der Minibar und entnimmt ihm einen Teller mit Kokain, das er mit einer schwarzen Kreditkarte hackt.

„Also, was ist? Soll ich einen Bentley kaufen oder einen Jaguar? *Bentley or Jag? Bentley or Jag?*"

„Audi", sage ich. „Nimm besser einen Audi."

Ich klicke Andy Warhol an. Eine Seite erscheint, auf der die Zahl seiner Ausstellungen verzeichnet ist und mit welchen anderen Künstlern er gemeinsam ausgestellt hat. Es gibt auch ein Bild von Warhol, auf dem er lange weiße Haare hat, die ihm schräg in die Stirn fallen, ein bisschen wie bei mir, nur dass meine Haare braun sind statt weiß.

Travis beugt sich über einen kleinen Teller, in dessen Boden ein exotischer Vogel aus Edelsteinen eingelassen ist. Sein Singsang klingt wie ein Lied – *„Bent-ley or Jag or Be-Emm-Dabblejuh"* – und ich sage zwischendurch immer nur ein Wort, wie der MC in einem Rapsong: *„Audi"*.

Travis reicht mir den Teller. Das Auge des Vogels wird von einem Brillanten gebildet. Man stößt mit der Kreditkarte dagegen, wenn man eine Line zusammenschieben will, was ziemlich unpraktisch ist, aber Travis sagt, ich solle *„den Diamantvogel ehren"*, also benutze ich ihn.

„Kennt ihr euch eigentlich gut, du und Dash?", frage ich.

Travis zieht die Beine an den Oberkörper und umklammert seine Knie mit den Händen.

„Er ist mein Freund. Ich passe auf ihn auf und er auf mich."

Travis füllt unsere Becher mit Champagner auf.

„Hast du jemanden, der auf dich aufpasst?", fragt er.

Ich starre auf den Boden. Der Teppich ist grau mit großen weißen Sechsecken und kleineren weißen Rechtecken dazwischen. Es wirkt psychedelisch, dieses Muster, und mir wird schwindlig, also sehe ich stattdessen auf den Tisch, in dessen unterem Fach Modezeitschriften liegen: I-D. Purple. Dazed&Confused. Vogue Homme. Artforum. Frieze. Art in America.

„Eigentlich schon", sage ich. „Aber er ist irgendwie verschwunden."

„Du meinst, er ist weggegangen?"

„Nein", sage ich. „Einfach verschwunden."

Ich hole uns eine Flasche Whiskey aus der Minibar und öffne sie. Dann erzähle ich ihm alles: wer Moritz ist und wann ich ihn zuletzt gesehen habe und was ich seitdem herausgefunden habe, was ja nicht besonders viel ist, und dass er mittlerweile schon seit zwei Monaten weg ist und ich langsam nicht mehr weiß, was ich tun soll.

Travis sagt nichts, während ich rede. Ab und zu unterbricht er mich und stellt eine Frage, die ich beantworte, so gut ich kann, und nachdem ich etwa eine Stunde geredet habe und die Flasche fast leer ist, wird mir klar, dass mir noch nie jemand so lange zugehört hat.

„Und was soll ich jetzt machen? Ich dachte, ich wäre sein bester Freund."

„Warum solltest du das nicht sein?"

Ich sehe Travis verwirrt an.

„Du bist der einzige, der nach ihm sucht", fragt er. „Oder?"

„Ja", sage ich zögernd. „Ja, das stimmt."

„Siehst du, und das sagt doch schon alles. Weißt du, manche Menschen haben eben das Bedürfnis, irgendwann zu verschwinden, so wie andere das Bedürfnis haben, kein Fleisch mehr zu essen oder Kinder zu bekommen. Das kann man nicht ändern. Weder du noch irgendjemand."

Ich trinke Whiskey in großen Schlucken. Er schmeckt süßlich und beruhigend. Auf dem Tisch vor uns liegt ein Bogen Briefpapier, auf dem das Logo des Hotels geprägt ist und der mit Bleistiftstrichen bedeckt ist.

„Was ist das?", frage ich. Ich will nicht weiter an Moritz denken müssen. Ich will möglichst überhaupt nicht mehr an ihn denken müssen.

„Meine nächste Ausstellung. Es ist eine Retrospektive."

„So alt bist du doch noch gar nicht", sage ich und Travis lächelt selig.

Ich nehme das Papier in die Hand und sehe es mir näher an; ein wildes Gekrakel, das einen länglichen Raum andeutet mit Gegenständen darin.

„Aber Kunst, das ist doch alles gar nicht echt", sage ich.

„Wie meinst du das?"

„Ach, vergiss es. Ich hab einfach keine Ahnung."

„Nein, sag schon."

„Na, das ist doch alles nur eine Vorstellung", sage ich. „Wie ein Modell von etwas, das es gar nicht gibt."

Travis legt den Kopf schief. Er betrachtet mich mit schwarzen Augen, in denen ich mich nun selbst sehe und die Lampe aus gelbem Achat, die hinter mir auf einem Tisch steht. Diese Augen sind wie ein Spiegel, undurchdringlich und doch lebendig, und bevor ich feststellen kann, ob er vielleicht Linsen trägt, steht er auf und holt einen weißen Lederkoffer aus einem der angrenzenden Zimmer. Travis legt ihn vorsichtig auf den Tisch und nimmt etwas heraus, das in Luftpolsterfolie eingewickelt ist. Als er sie entfernt, kommt ein weißes Männchen mit einer langen Nase zum Vorschein – ein Pinocchio. Es gibt ihn in verschiedenen Größen, aus bemaltem Holz und mit beweglichen Armen, doch dieser Pinocchio ist völlig weiß und so dick mit Farbe überzogen, dass er an manchen Stellen Risse hat. Travis stellt ihn aufrecht auf den Tisch.

„Du weißt, was am 11. September passiert ist?", fragt er.

„Ich hab's im Fernsehen gesehen. So wie alle", antworte ich.

„Soso. Im Fernsehen."

„Ja."

„Und du meinst, du hättest es gesehen?“

„Es war live.“

Travis setzt sich neben mich. Er nimmt einen Zug aus der Whiskeyflasche.

„Du warst noch nie in New York, oder?“

Ich schüttele den Kopf.

„Weißt du, wenn man damals in Manhattan lebte, dann gab es genau einen Punkt, den man von überall sehen konnte, wenn man nicht gerade direkt vor einem Hochhaus stand: das World Trade Center. Daran orientierte man sich. Doch egal wie weit weg die Türme waren oder wie nah, sie wirkten immer wie ein Modell: zwei Kuben, die in den Himmel wuchsen und die genau gleich aussahen.“

„Wie eine Simulation?“

„Ja“, sagt er, „so ähnlich. Und manchmal habe ich selbst geglaubt, dass es tatsächlich nur ein Modell ist. Eine Simulation, in der Menschen arbeiten, die völlig abstrakte Dinge tun, Geld verschieben, das sie nie in der Hand gehalten haben und das nie jemand in der Hand halten würde. Wesen, die nur als Stimmen existierten, in Telefonleitungen und auf Computerbildschirmen, wie Geister. Und dennoch hätte ich niemals gedacht, dass es sie eines Tages nicht mehr geben könnte. Das war einfach nicht … vorstellbar.“

Travis trinkt einen Schluck Whiskey. Er sieht plötzlich mitgenommen aus. Sein Mund ist leicht geöffnet und er sieht nicht mich an, während er redet, sondern den Sessel neben mir oder etwas in ihm, ein Bild aus der Erinnerung.

„Weißt du, die Leute haben sich erschreckt, als das erste Flugzeug einschlug, aber es hat sie nicht in Panik versetzt. Auch als das zweite kam, habe ich niemanden gesehen, der wirklich Angst hatte. Es war erschreckend, aber wir sind in New York, okay, da sind die Leute hart im Nehmen. Aber dann war da auf einmal diese weiße Wolke vor einem der Türme, die immer größer wurde und als sie sich dann auflöste, war nichts mehr dahinter. Ein blauer Himmel, aber kein Turm. Ich stand auf der Canal Street und starrte nach Süden, so wie ganz Manhattan nach Süden starrte. ‚*Where is it?*', schrie eine Frau neben mir. ‚*Where has it gone? Oh Lord, where has it gone?*' Und da wusste ich, dass etwas Bedeutendes geschehen war, etwas richtig Großes. Die Leute sagten jetzt nicht mehr ‚*oh shit*', während sie hinsahen. Sie sagten: ‚*Oh my god. Oh my god, oh my god, oh my god*', wie ein Mantra, aber anders als ein Mantra machte es sie nicht ruhiger. Es versetze alle in Panik. Die Leute rannten weg oder fingen an zu weinen, und dabei wurde mir klar, dass der Staub und das Chaos immer schon in den Türmen gewesen ist. Wir hatten das bloß vergessen. Der Staub war echt, genau wie das Geräusch der Sirenen, die wie verrückte Tiere klangen, und die Menschen, die aus den Türmen sprangen, um nicht verbrennen zu müssen. Das war keine Simulation mehr. Und wenn das Word Trade Center einfach so verschwinden konnte, dann konnte auch alles andere verschwinden, was wir kannten. Alles wäre möglich."

Travis lehnt sich zurück. Ich nehme die Flasche entgegen und betrachte den Pinocchio, der mich anzusehen scheint, obwohl er keine Pupillen hat, und der so weiß und verletzlich wirkt wie die Menschen im Fernsehen, die aus dem Staub kamen. *Staub wird alles. Es ist wichtig, sich nicht davor zu fürchten. Denn der Staub ist ja auch in der Welt. Der fällt nicht raus.*

„Und seit dem Tag wollen alle nur noch Kunst sehen, glaube ich."

„Aber warum?", frage ich.

„Vielleicht weil man sie anfassen kann. Sie riecht sogar. Los, riech mal."

Ich fasse den Pinocchio bei den Beinen. Er ist zu schwer, um ihn mit einer Hand zu halten, also lege ich die andere unter den Kopf und folge mit meiner Nase langsam dem Verlauf des Holzkörpers vom Rumpf bis zum Kopf. Mehlig riecht das und nach Lösungsmitteln, aber ziemlich gut. Ich streiche zärtlich über seinen spröden Kopf und die lange Nase, an der ein Tropfen Farbe angetrocknet ist.

„Okay", sage ich. „Aber was bedeutet es?"

Travis greift unter den Tisch. Er holt ein Modemagazin hervor und fängt an, falschherum darin zu blättern.

„Rückwärts?", frage ich. „Aber wie soll denn das gehen?"

Travis sieht mich an. Er beginnt in einer fremden Sprache auf mich einzureden, die an Altgriechisch erinnert und an die Sprache der Elben in *Herr der Ringe.* Es klingt unheimlich und beschwörend, doch als er fertig ist, geht es mir plötzlich besser, obwohl so eine Beschwörung ja wirklich Unsinn ist, wie ein Kinderspiel.

„Was war das?“, frage ich, doch Travis legt nur den Finger auf seine Lippen. Er reicht mir eine weiche, braune Decke.

„Du kannst auf dem Sofa schlafen“, sagt er.

„Danke.“

Ich lege mir zwei Kissen unter den Kopf. Die Seide ist kühl und glatt an meiner Wange. Durch die Vorhänge dringt schwaches Tageslicht ins Zimmer. Es lässt die Möbel grau und geheimnisvoll aussehen wie die Insel in meinem Traum, auf der die warme Asche niemals aufhörte zu fallen. Ich hole mir noch einen Eiswürfel aus dem Sektkühler und presse ihn gegen meine Lippe. Ich bin so froh, hier zu sein. Travis ist jemand, der die Realität nicht über sich hereinbrechen lässt, aber er weicht ihr auch nicht einfach aus, wie Moritz. Oder wie ich.

Vielleicht ist er sowas wie ein Zauberer, denke ich, bevor ich einschlafe. Oder besser gesagt ein Alchemist, der ganz gewöhnliche Substanzen miteinander vermischt, bis daraus etwas Neues entsteht, doch anders als Gold oder Silber weiß diese Substanz etwas über uns – mehr als wir selbst.

„Deshalb wollen dich also alle haben“, sage ich zu dem Pinocchio, der blass und glänzend neben mir auf dem Tisch steht. Er hat ein dünnes Holzbein angehoben, so als würde er gleich loslaufen, aber das wird er nicht. Er bewacht meinen Schlaf.

DER HAMBURGER BAHNHOF ist ein weißes, strenges Haus mit einer Rasenfläche vor dem Eingang und hohen Türen, die lange nachschwingen, nachdem man sie aufgestoßen hat. Ich betrete eine große Halle, durch die früher die Züge fuhren und in der heute ein Flugzeug aus Blei steht und ein gigantisches Regal mit Bleibüchern. Die sehen wirklich beeindruckend aus, aber sie sind nicht der Grund, warum ich hier bin.

Die Warhols hängen im Seitenflügel, meinte Travis, und tatsächlich sehe ich den ersten schon von weitem: ein Porträt von Mao, groß wie ein Scheunentor. Mao trägt eine grüne Uniform mit einem einzigen geschlossenen Knopf, seine Haut ist von einem leuchtenden Gelb, seine Lippen rot übermalt und dann hat Warhol ihm noch blauen Lidschatten verpasst. So sieht Mao auf mich herunter, eine dicke chinesische Transe mit einem gütigen Lächeln, als wisse er um ein Geheimnis, das er keinem je verraten wird, wie lange man ihn auch anschaut. Es gibt auch einen elektrischen Stuhl in dem Saal, blau und schwebend vor einem moosgrünen

Hintergrund, und dann das Abbild eines Autounfalls, dessen Opfer kopfüber aus dem Fenster hängt, den Mund weit geöffnet, die Augen leer.

Ich stelle mich vor das Bild mit dem Unfallopfer. Man hat die Frau in eine Wolldecke gewickelt, obwohl sie ganz offensichtlich tot ist, aber das ist es nicht, was mir seltsam vorkommt. Nein, das Erstaunliche ist, dass man den Unfall zweimal sieht – zweimal dieselbe Frau in demselben zerquetschen Wagen, direkt übereinander wie auf einem Filmstreifen. Ich drehe mich um. Weißes Licht fällt auf den Holzboden, so weiß wie die Wand mit dem doppelten Elvis an der Wand gegenüber. Elvis ist als Cowboy verkleidet und fast so groß wie ich, doch obwohl er einen Colt zieht und mich finster anblickt, wirkt er alles andere als bedrohlich. Es ist nur ein Bild vom King – jeder kann eins haben, aber er bekommt eigentlich nichts.

Ich trete näher an Mao heran, bis ich die Punkte sehen kann, wo die Farbe durch das Sieb gepresst wurde; eine Gänsehaut auf der Leinwand. Wenn er ihn einfach nur gemalt hätte, wäre das Bild nicht so unheimlich. Bei einem Foto denkt man immer daran, dass dieser Moment wirklich existierte, in dem es aufgenommen wurde und dass er jetzt vorbei ist; es erinnert uns daran, dass wir sterben müssen. Sogar Mao.

Ich sehe nach oben. Maos Lächeln ist ein schiefes Grinsen, der Kopf ein Wirrwarr aus Blau und Schwarz und Gelb; eine geschminkte Leiche. Ich sehe mir noch die Messer an, die im nächsten Saal hängen und die beiden Filmbilder, auf denen ein Gangster einen anderen mit einer Waffe bedroht und die durch die Verdoppelung entleert wirken, wie ein Wort, das man zu oft wiederholt hat, bis es nichts mehr bedeutet, wie die Phrasen in den Zeitungen und im Fernsehen und im Internet. Das ganze Geschwätz.

Sie haben etwas gemeinsam, diese Bilder, und das war ja auch die Frage, die Travis mir gestellt hat: was man auf jedem Bild von Warhol sehen kann, obwohl es eigentlich unsichtbar ist. Zuerst dachte ich, das sei ein Scherz, so ein komisches Zen-Rätsel, denn entweder ist da eine Sache zu sehen oder eine andere, eine Blume oder ein Autounfall, aber das war es nicht, was Travis meinte und was ich nun wie von selbst sehe: den Tod.

DIE BAR IST NOCH VOLLER ALS SONST. Angeblich macht sie bald zu, aber das wird schon lange behauptet und die Bar wird doch immer bloß größer und der Eintritt teurer. Das Gelände ist von der Straße durch eine hohe Mauer getrennt. Dahinter ist alles unübersichtlich und dunkel; es ist leicht, sich hier zu verstecken, wenn einem alles zu viel wird oder zu wenig.

Die Schlange ist endlos. Ich gehe langsam an den wartenden Leuten vorbei und schenke der Türsteherin ein Mentos; das funktioniert immer, weil sie immer heiser ist. Dünne Holzwände mit aufgesteckten bunten Glühbirnen weisen den Weg. Hinter diesen Wänden gibt es eine Zirkusarena und davor einen Autoscooter, in dem ein Mann in einem Clownskostüm sitzt und telefoniert. Vorne am Wasser sind alle Plätze besetzt, also laufe ich an der Feuerstelle vorbei und stelle mich unter den großen Baum, in dem eine Schaukel hängt und eine Diskokugel.

Die Blätter des Baums leuchten orange und blau, wegen der Lampen, die in der Krone hängen und Schwärme von

Insekten anziehen. Die Tanzfläche liegt in einem Holzhaus, das zur Spree hin offen ist. Ausgestopfte Tiere stehen auf Regalen an den Wänden: Füchse, Vögel und ein Marder auf einem Zweig über der Bar, als lauere er auf einen Drink. Die Barfrau hat Glitzer im Gesicht und auf den Händen; sie schnippt mit der einen Hand Kronkorken in den Abfall, während sie mit der anderen Gläser füllt. Hinter ihr steht ein Mann in einem schmutzigen Hasenkostüm und reißt Red-Bull-Dosen auf so schnell er kann, in endloser Folge. In der Feuerstelle hat jemand hat Stroh angezündet, das kurz und heftig brennt. Ich schnuppere. Das Feuer brennt höher und höher, und ich denke an die Michael-Jackson-Platte, die wir verbrannt haben, an den Gestank des Vinyls und an den brennenden BMW, der die Getreidestoppeln in einem Umkreis von zehn Metern verkohlt hat. All das kommt mir unwirklich vor, als sei es vielleicht nicht passiert, doch das kann nicht sein, denn etwas hat sich ja wirklich verändert; wenn schon nicht außen, dann wenigstens innen.

Ich sehe mich plötzlich selbst, als ich das denke, sehe, wie ich dort unter dem Baum stehe und ein Mädchen namens Kim, die rosa Katzenohren aus Plüsch trägt, mir MDMA anbietet. Ich nehme keins. Lilly macht Fotos, als Momo Spike auf den Mund küsst und mir dann sagt, wie sehr er mich mag und dass wir wieder mehr miteinander machen sollten.

„Klar", murmele ich und betrachte die Lichter, die sich im Wasser spiegeln und das erscheint mir viel interessanter als das, was die Leute um mich herum so zu sagen haben.

Nachdem ich ungefähr zehn Minuten den Fluss angestarrt habe, schaue ich hoch in die Krone des Baumes, die immer noch voll kleiner hellgrüner Blätter ist, die sich alle bewegen und die ebenfalls das Licht reflektieren.

Ich beobachte sie genau, sehe, wie der Wind die hellen Innenseiten der Blätter nach außen kehrt und die Zweige betende Bewegungen machen. Jedes ist anders als die anderen und dennoch ein Blatt wie die anderen, denke ich, und als Kim mich fragt, warum ich die ganze Zeit nach oben starre, sage ich: „Wegen der Blätter."

„Du spinnst", sagt Kim und tippt mir gegen die Stirn. Sie wendet sich Momo zu, der Wasser von den Toiletten mitgebracht hat, und steht dann auf, um zur Tanzfläche zu gehen. Ich folge ihnen nicht, obwohl ich auch Daniel dort sehe. Er tanzt am Rand des nach zwei Seiten offenen Holzhauses, in dem die Bar untergebracht ist. Ich beobachte, wie ihn jemand anspricht. Als er in seine Hosentasche greift und dem Mann länger als notwendig die Hand drückt, wende ich mich ab.

Die Wartenden in der Schlange sind weniger geworden, die Taxischlange dafür länger. Die ersten fahren weiter, in die Clubs. Steffi ist heiser und beschimpft einen Mann, der sein Glas mit vor die Tür nehmen will, ihr Keifen ist noch bis ans Ende der Schlange zu hören. Auf dem Weg zur Jannowitzbrücke drehe ich mich mehrmals um, und obwohl ich diesen Ort so schnell wie möglich verlassen möchte, sind meine Schritte langsam, beinahe zögernd.

Niemand begleitet mich, legt seinen Arm um meine Schultern oder wiederholt kichernd einen Witz, den er Stunden zuvor gemacht hat. Keiner versucht mir Glitzer von der Wange zu küssen oder mir einen letzten Rest Jägermeister einzuflößen, damit ich mit ihm auf der Wiese vor dem Hallenbad nebenan herummache, während der Tag anbricht. Es ist genau dasselbe passiert wie eigentlich jedes Wochenende in den letzten paar Jahren, doch etwas ist anders: Ich war da, aber ich war nicht dabei, und zum ersten Mal überhaupt denke ich an früher wie an einen Ort, an den man nicht zurückkehren kann.

Aber wo soll man dann hin? Ich weiß nicht, was da jetzt kommt. Ich weiß es einfach nicht. *Wide is the world and cold. Get out. Thou hast become an in-itiate. Get out.* Die Worte sind plötzlich da, ich spreche sie vor mich hin, während ich über den Mittelstreifen gehe und die Autos links und rechts an mir vorbeifahren. *But thou canst not get out by the way you camest. The Way out is THE WAY.* „Das Buch der Lügen“, das mir so viel Angst gemacht hat, ich hatte es auf den Stapel des Antiquariats gelegt, mit der Sonne nach oben. Wer es jetzt wohl hat?

IM OKTOBER BEGLEITE ICH Julian zu einer der Performances im Wedding, von denen er immer redet. Es soll die letzte des Jahres sein, bald wird es zu kalt sein in der Halle. Sie ist mehrere Dutzend Meter lang, vielleicht halb so hoch und schwach beleuchtet. Es gibt keine Bühne, die mannshohen Verstärker stehen direkt auf dem Betonboden. Sie bilden einen Halbkreis, in dessen Mitte ein Tisch aufgebaut ist, über den sich schemenhafte Gestalten in schwarzen Kutten beugen. Sie sehen aus wie Mönche bei einer Prozession in Spanien oder wie Metal-Freaks. Vor ihnen liegen Instrumente, Schaltkreise, Unmengen Kabel, Zeug.

Die Halle ist gut gefüllt. Ich erkenne ein paar der Gesichter. Zu manchen fallen mir die Namen ein, zu anderen nicht, aber das macht nichts, weil ich mit Julian da bin und er das Reden übernimmt. Diese Performance wird von einem Italiener gemacht, deshalb sind so viele andere Italiener hier. Eine hat ein Spinnennetz auf den Hals tätowiert und einen kleinen Wolf auf dem Oberarm. Sie lächelt mich an, als ich sie darauf anspreche und verspricht, mir auch ihre anderen

Tattoos zu zeigen, doch in dem Moment wird es schlagartig dunkel. Die Scheinwerfer an der Decke erlöschen, auch die Baustellenlampen in den Ecken des Saals. Das einzige Licht kommt jetzt aus den gläsernen Kühlschränken hinter der Bar; weißes Neon, das die Becks-Flaschen grünlich schimmern lässt. Es ist sehr schwach, dieses Licht, doch nach einer Minute erkenne ich einen Mann mit Kapuze in der Mitte der Halle, der sich langsam nach vorne krümmt, während er in ein Mikrofon haucht, dabei Knöpfe und Regler bedient, sodass ein unglaublicher Lärm entsteht, der alles durchdringt – die Halle, unsere Köpfe, Gedanken und Münder, die sich nur noch stumm bewegen wie in einem Aquarium.

Ich sehe Hände auf Ohren gepresst, verzerrte Gesichter und ungläubig geweitete Augen, die alle auf den Kapuzenmann gerichtet sind, der nun immer infernalischere Geräusche produziert: ein Brummen und Flirren, Dröhnen und Schaben, das unsere Körper von innen ausfüllt. Die Geräusche werden differenzierter, je länger man zuhört, den Sänger sich nach vorne neigen sieht und dann wieder zurück, langsam, wie betend.

Ein anderer Kapuzenmann hält eine Gitarre. Er spielt nicht, sondern hält sie waagerecht mit den Saiten nach oben wie etwas Heiliges, ein Opfer auf einem Altar. Immer wieder verlassen Menschen den Saal, weil sie den Lärm nicht aushalten, aber die, die bleiben, werden ganz ruhig. Sie sind jetzt bloß noch Schatten, die aus ebenso körperlosen Schatten Bier trinken, durchsichtig und stumm. Manche gehen auf die Knie, aus Ergriffenheit oder um die tiefen Frequenzen besser zu spüren. Ich setze mich hin und höre zu. Der Lärm ändert sich ständig, doch die Veränderungen erzeugen keinen Rhythmus, strömen wie Wasser, das man nicht zählen kann.

Der Sänger hält das Mikrofon jetzt von oben über seinen Mund, als wolle er daraus trinken; als er sich wieder nach vorn beugt, erlöschen die Kühlschränke plötzlich. Völlige Finsternis umgibt uns und wieder dauert es einige Minuten, bis meine Pupillen sich so sehr geweitet haben, dass ich den Mann dabei beobachten kann, wie er Mikrofon und Kapuze ablegt, ununterscheidbar wird von allen anderen Menschen im Raum, in dem er einfach verschwindet. Niemand hat sein Gesicht gesehen. Keiner wird ihn wiedererkennen, aber er ist unter uns. Einer von uns. Ein Helfer nimmt die Gitarre und trägt sie nach hinten. Die Geräusche verstummen, und erst jetzt, in der Stille, beginnen meine Ohren zu schmerzen.

Dank

Ich danke meinen Eltern, Klaus Biesenbach, Borries von Deimling, Florian Glässing, Peter Graf, Ryan McGinley, Markus Humsberger, Ulrich Peltzer und Julia Zange.

Impressum

ISBN 978-3-8493-0365-5
1. Auflage 2015

Gestaltung, Satz: studio-stg, Berlin
www.studio-stg.com
Coversujet: Ryan McGinley
www.ryanmcginley.com
Druck und Bindung: CPI books GmbH,
Ebner & Spiegel, Ulm

www.metrolit.de